献给亲爱的父亲，徐根福医生。

时光健忘，

大地记得每一个来过的人。

山河都记得

SHANHE DOU JIDE

徐海蛟 著

GUANGXI NORMAL UNIVERSITY PRESS

广西师范大学出版社

·桂林·

图书在版编目（CIP）数据

山河都记得 / 徐海蛟著. —桂林：广西师范大学出版社，
2019.10（2024.6 重印）

ISBN 978-7-5598-1878-2

Ⅰ．①山…　Ⅱ．①徐…　Ⅲ．①散文集－中国－当代
Ⅳ．①I267

中国版本图书馆 CIP 数据核字（2019）第 113015 号

广西师范大学出版社出版发行

（广西桂林市五里店路 9 号　邮政编码：541004 ）

　网址：http://www.bbtpress.com

出版人：黄轩庄

全国新华书店经销

广西广大印务有限责任公司印刷

（桂林市临桂区秧塘工业园西城大道北侧广西师范大学出版社
集团有限公司创意产业园内　邮政编码：541199）

开本：787 mm × 1 092 mm　　1/32

印张：10.25　　　字数：165 千字

2019 年 10 月第 1 版　　　2024 年 6 月第 2 次印刷

定价：58.00 元

如发现印装质量问题，影响阅读，请与出版社发行部门联系调换。

自序

必经之路

　　有些书是出发，有些书是归航，这本书是我必经之路。

　　还记得五岁时跟着祖父下田，我卷起裤管，小腿没入泥浆没一会儿，就翻身上到田埂，站在青草上擦拭脚板。祖父笑着说："我看你啊，将来怎么种地。"我转身反问："我怎么会种地？"孙子不知天高地厚的话惹得老人家朗声大笑，他或许会陷入短暂的沉思：这孩子将来怎么才能不种地？祖父直起身来，莽莽苍苍的大山挤向他眼帘，一小块一小块梯田布满山腰，像一块块大山的补丁。

　　祖父无法预知他的儿子能走多远，父亲同样无法预知我能走多远，我的人生在他们下游。三十多年后，生活才显露出某种真切的迹象。

走着走着，一条河的上游不见了，祖父、父亲不见了，还有我们共同生长于其中的村庄也即将消失，堂弟告诉我，那个村庄连名字也要换掉。季节更迭，风声渐紧，曾经的少年见识了侵入身体的种种寒凉。

命运内里的爱与痛，像一件旧夹袄的衬里，被时光与羞耻紧紧包裹。我以为遗忘的风沙将抚平每一寸土地上的褶皱，此后我将平静地度过一生，波澜不惊地越过父亲的年纪，再越过祖父的年纪，我以为世俗的富足和热闹足以安慰往后余生。时过境迁，有些人却在一个雨天的黄昏突然站到我面前，额上粘着湿漉漉的发。有些哀伤像身上的脾气，你不知道它什么时候将情不自禁地发作。

我既走不出那个一百来户人家的山村，走不出那个少年的黄昏，也走不出起自祖父和父亲的宿命。每个个体都联结着祖辈，联结着万物，血缘是一根剪不断的脐带。那个我降生于其中的村庄，赐给我粮食和语言；那个母亲以旧棉衣做成的褓褓，赐给我第一次安宁和踏实；小米做的面，小麦做的饼，来自大地和林间的风声；祖父讲的故事，祖母纳进鞋底的夜晚……这一切途经身体和灵魂，成为骨骼和血肉，成为一个人命运和性情里不可回避的部分。

一个外在的我似乎一直在回避那段幽暗岁月，另一个潜藏的我则一直在等待契机，试图重拾一段村庄和少年的旧事，想让往日重见天光。没想到一等二十六年，待到身体里的恐惧和不安消退，待到我由一个人的儿子成为一个人的父亲。我放下了许多起自生活的成见，并第一次真正意识到，一个作家全部的写作，都应尽量忠于内心，摈弃表演。若连心灵深处最难忘的战栗与不安、痛楚与温柔都企图回避，你干脆不要再谋杀纸张了。这世上还缺应景的文字和修饰过无数遍的虚情假意吗？

一个早晨，当我决定写这本书，我暗暗告诫自己：你要写下真话，要敬重心里最真切的声音。那是清明前夕，家里剩下我一人。我八点起床，端着碗，站在朝北的厨房里匆匆喝了一碗粥。随后到书房坐定，开始写作《父亲》，光线并不明亮，是个阴天。我一边在苹果笔记本上敲下汉字，一边泪水簌簌地往下落。一次又一次，我停下来，走到洗手台前将冷水掬到脸上，重新调匀呼吸，重新坐下敲击键盘。写到一个新的段落，我又一次泪流满面……这个情形竟是这本书的开始。簌簌落下的泪不仅是痛楚的想念，于文字里拥抱久违的父亲，这件事本身让我难以自制，就想大哭一场。

这是我迄今为止，唯一一本一次次将自己写哭的书。

少年黄昏的暮色重又弥漫到文字里。那些哀伤，那些远逝的人，那些猝然而至的诀别……重新回来，重新在纸上安放一遍。

期望有一天，我的女儿能借此望见父亲的来处，并品咂出曾经的少年在路上辗转反侧的心境。中国式的父女有时处得格外含蓄，关于家事，我面对这个梳着羊角辫、笑起来露出宽阔牙缝的小姑娘总是欲言又止，她的乳牙正在接二连三地被恒牙替代。

我写下父亲的故事，也写下祖父的故事。有一天，长成大姑娘的她一定会大吃一惊："我原来有过这样的祖父和曾祖父，这竟是我的来处！"不知道哪一天，她会开始探究父辈的身世；也不知道哪一天，她突然想回去父亲的故乡看看。我则暗暗预计着，这本书就是交到她手里的那把钥匙。我们成为一个什么人，活成一副什么样子，除了自身的选择和行动，也取决于身体里流淌着谁的血液，取决于我们的祖辈自哪里出发，走过怎样一条路。他们的人生脉络，像阳光下的影子落进我们必然前往的路上，这叫命理。

我期望我的女儿和我的读者能够同样明白：我们是有

来处的人，生命不是无缘无故生发的，也绝不会独木成林，每一个人站立在自己的谱系上，丰盈的往事不动声色地造就了我们内在的丰盈。

当写完最后一篇《万物带来你的消息》，终于长舒一口气。我很欣慰地想到，父亲、祖父、外祖父、三叔……都将借着这本书重回世间，他们将在读者的目光里重活一千遍一万遍。我写下他们，是对往昔的交代，亦是久存心底的愿望。将一场久远的回响付诸文字，好比将一支生生不息的歌交付给生命的琴弦。我想象我的孩子和读者会在某个恰当的时刻听见这支歌，歌声里的情意能安抚寂然的时光，也可以给漫漫长路送去星光与慰藉。我想象他们会赤足踏入我的回忆，眼中落下温暖和真挚的泪滴。

或许我还没准备好足够智慧来洞悉命运古老的把戏，但我准备了十二分坦诚与耐心。我写下的每个汉字，都是自大地和古旧村庄里长出来的。我相信老底子的事物，企望它们像麦子、大豆般颗粒饱满。

冬天又一次来了，愿书里的真诚紧紧拥抱你。

徐海蛟

2018年11月6日

目录

父亲

父亲从来不是认命的人。他是一个乐天派梦想家，一个唯物的有神论者，一个风趣的改革家，一个心慈手软的叛逆者，一个胆小如鼠的大英雄。

一

"你也跟你爸说两句。"每一回母亲都这么叮嘱。

我张了张嘴，眼睛望向山下田野，春天正在赶来，大地由深黑转向明黄和翠绿。我轻吸一口气，回转身，面前立着一块简易的墓碑，还是说不出话，也叫不出一声"爸爸"。每一回，我只是默默做着一切，默默地把一束白菊斜插进一抔黄土里，默默地用药锄挖去他身旁荆棘，默默跪下，朝他磕头，心里涌动着千言万语，就是说不出口。

二十六年了，父亲被我越藏越深。

我记不起父亲的样子，前几年祖父家老屋失火，一把火烧毁一切，也烧毁了两张仅存的照片，父亲在记忆中只剩下一个模糊梗概了。他也很少入我的梦，倒常去到妹妹的梦里。许多年后，如若再与父亲相遇，我们一定会因了彼此不相识而错失街头。

有些时候，我对着镜子发愣，看到镜中那个人正一日日接近父亲的年纪，也正一日日接近父亲的样貌，额头的发际线应该是父亲的样子，脸颊凹陷的弧度应该是父亲的样子，下巴瘦削的部分应该是父亲的样子。我不断在自己身上找寻父亲留下的印记，一找找了二十六年，依然没能拼凑出完整的父亲。但我相信那是父亲埋在我命里的伏笔，那些他没来得及讲的故事，要在我身上继续讲完。

　　除却一对儿女，父亲留下可供回忆的线索实在太少。他珍爱的医书，被亲戚们以各种理由借走，没有一本回到我手中。他的诊疗笔记，也不知散佚何处。我只留下一套父亲曾经长伴于案头的书：《中国中医秘方大全》，上下两册，暗蓝封皮，硬面精装，边沿的纸呈棕褐色，那是时光经年的痕迹。书上有我儿时的涂鸦，有父亲用笔画出的标记。某日，将尘埃蒙面的书拿来擦拭，惊觉内里夹着两张父亲手写的中医处方。我小心翼翼展开，仿佛于阳光下欣赏两只蝴蝶标本。处方上有患者姓名、年龄，方子开好后未及取走。其中一张处方落款为1992年3月，那是父亲在人世度过的最后一个春天。我禁不住想象的驰骋，它总要返回遥远的二十六年前，飞抵1992年3月的父亲。他于何种情状下写下这张处方？一个晴朗的天气？抑或窗外飘着细雨？早晨阳光拔节的时辰还是傍晚夕阳沉落的时刻？彼时，乡村小诊所里应该也能听到初春的鸟儿彼此呼应，父亲可曾像此刻的我，因为春天到来莫名感伤？父亲穿着一身怎样的衣服？用一支怎样的蓝墨水笔书写？他写处方，大多数时候都是极快的吧。遒劲洒脱的字迹提示我，这一组组汉字落向处方笺时带着某种轻盈有致的心绪。写完后，他又习惯性修正其中一两个字的笔画，那些笔画就显得格外粗一些，大概担心药房里的人认不出来。二十六年过去，两张脆薄的处方笺完好无损，墨水的笔迹清晰如昨。除了在记忆里，在长短不一的梦中，在无尽的念想里，我再无法触及和父亲相关的一切，这套书和这两张处方，是我得以接近父亲的最真实的事物。

父亲离开至今的时日正好是他在世上陪伴我的两倍。想念中的那位父亲与我相处的年岁已远远超过现实里的那位父亲。别人的父亲随处可见，笑容可掬，声音可闻，臂膀有力，吃饭时坐在餐桌最上方位置……那是儿子向前走的参照，参照他成为男人，参照他成为丈夫，也参照他成为父亲，参照他的方式和世人相处，最后参照他的样子老去。但我没有人可以参照，十二岁的夏天之后，我的父亲就成了一个虚拟的父亲，像一些我无数次依恋过的遥远却不可捉摸的事物。例如深秋夜里某一片橙色的月亮。我曾经伫立窗前，久久凝望它，久久不肯睡去，我能感觉到它澄明的光轻轻落进心海。例如空旷田野上一朵洁净的云。我曾经躺在它山堰旁一块江边大石头上，看过这样一朵云。那阵子大病初愈，从一场惊恐的手术中康复过来不久，我相信那朵云就是父亲，也可以说那是父亲派来探望我的云。

又例如某一个古老的诗句突然在深夜里闪现，带来无法言说的抚慰。父亲就是这样一句诗，不写在目光里，却适时而至，若火光于寂然冬夜闪烁。

这些年，我经常在心里做一道问答题，时不时问自己："我和父亲之间究竟错过了哪些事?"这道题确实无法做完，答案太长了，如果以一日为一格，我要填写一万个空格。但我还是忍不住常常试着回答，仿佛只要反复去推测，我和父亲就有某种重新在人间经历世事的可能。

至少错过了一场远行。我期待能有一天，父亲已与生活握手言和，他停下了因生计而起的奔忙。我们踏上远行的列车，火车在晨光里疾驰，大地展现它的辽阔。城市、江河、丘陵、田野……像书页翻开，一个轰轰烈烈生气勃发的人间扑面而来。停下奔忙的父亲，颓然坐在我身旁，阳光洁净，车厢温暖。他还不算太老，两鬓有了白发，额头透出智慧，他的幽默风趣、好奇天真随着车窗外展开的风景一一回到眼睛里。

至少错过了一次还乡。我脑海里时常出现那次回乡的画面，那是父亲到外地从医的第二年，总算有了点积蓄，我们全家决定春节返乡。他和母亲各自做了一件深黑庄重的呢子制服，穿上后仿佛伪军特务，但父亲欢天喜地。我喜欢看父亲坐在乡亲们中间吹牛的样子。母亲曾告诉我，父亲跟人说自己在外面钱好挣得很，原话是那样的："一年挣个两三斤人民币没问题的。"他天真有加，从不防备那些穷亲戚在他前脚站门外吹完牛，后脚还没踏入门内就向他借钱了。我想和父亲一道返回故乡，我要去看看那棵他在我出生那年种下的松树，我要他指着那棵松树再跟我说一遍："瞧，树比人高多了，这棵树本想在你结婚那天派用场的。"我想和父亲一道去祭奠我的祖父，我想当着父亲的面给父亲的父亲鞠上一躬。

　　至少错过了一场典礼。可能是婚礼，可能是重要的颁奖仪式，可能是一次毕业晚会。我期望父亲能出现一回，仅仅一回就足以让我回想一生。我多么愿意久久注视他端着酒杯穿过我生命里一个重要时刻，去和我的师长朋友们会面，他会得体地替我向长者致敬，向朋友致谢。我要和父亲干杯，和他一道因了喜悦而将杯中酒一饮而尽。

　　至少错过了一程风雨路。我想给父亲打一回伞，想让他在大雨倾盆的时刻以臂膀搂紧我。一路往前走，雨扑打在同一把伞上，对于世事我们心照不宣。那样的时刻，会恍然觉得多年父子成了兄弟。我们一道立在屋檐下避雨，看雨水顺着收拢的伞往下淌。父亲从未打湿的口袋里摸出半包烟，我知道他不抽烟，随身带烟为的是分给别人。而那场雨让父亲改变主意，他摸出烟来，先递给我一根，随后自己点燃一根，他突然有了抽烟的兴致。一生中至少需要那么一次，父亲亲手为我点燃一根烟，那是一种仪式，是在父亲眼里儿子真正长成了男人才会进行的仪式。我也需要这样一根烟，来自父亲，来自父亲还未被雨打湿的皱巴巴的口袋。我希望至少有一次，我能和父亲立在一个陌生的屋檐下，看彼此手中的烟在暮色里闪烁着红光，雨声喧闹，但我的心一点也不急迫。

至少错过了一次乔迁新居。据说1992年夏天，就是他出事那次，父亲要和母亲一道回老家。他们走机耕路，到另一个村去乘坐简易的三轮载人小客车。来到村口，天蒙蒙亮，父亲指给母亲看一块地，说那就是他跟村里支书说好了要买下的地基，明年能建新房。父亲一辈子没住过新居，在老家，一大家子人生活在一起，父亲在大家庭里结婚，和母亲住楼下一个20平方米不到的黑暗潮湿的房间，算是婚房；后来分了家，父亲分到的是爷爷年轻时住的老屋。他心里一直有自己建一栋新房的打算。我多么希望能和父亲一道住进新屋，一起坐在敞亮的南窗下喝早春的新茶，我想听到父亲的朗笑在新屋里回响。

还错过了一次黄昏的散步，我们没能一起注视着晚霞从青灰的瓦檐上沉落下去。我们错过了一次老来的搀扶，我搀扶着很老很老的父亲走回家，就像他曾经搀扶着刚会迈开步子的我走出门去一样。

错过的时光足够多，人世上我的生命和父亲只有十三年交集。后来遥遥相隔的日子淹没了前面的日子，有如一地荒草淹没了前路。这人间，我已遍寻父亲不见了。但我确信这样一个事实：父亲真实地来过，他短暂的一生曾那样奇妙地热烈过。

二

1953年春天，新中国成立已有四个年头。浙江东部台州以南，括苍山余脉延伸向温州永嘉，清澈的澄江自千山万壑深处蜿蜒而下。澄江源头附近，散落着一些古老村落，祖父就生活在这样一个小村里。小村庄背倚青山，两条溪合腰抱住，自村口汇合向东而去。小村庄古旧、闭塞，大时代的风起云涌似乎都未波及此地，它只以一种处变不惊的姿态继续着人间烟火。

祖母早几年由温州永嘉县一个叫金竹溪的地方嫁到了我们村。据说祖母家有地、有像样的房子，算得家底殷实，十八岁的她嫁给了一个穷小子，心里或许有不甘。祖父家徒四壁，除了勤劳的双手，几乎一无所有。第二年，祖母已有身孕，她还是不断往娘家去，时不时从娘家带些补给回来，有时几颗鸡蛋，有时几斤糯米，有时几张粉皮……祖母往娘家的路并不好走，要翻过几座大山，走过近千级石阶，山上松树林阔大葱郁，风过处，松涛起落，空荡荡的回响充斥着山谷。祖母不管，她喜欢娘家的气氛。那年冬天，临近十二月，腹中胎儿已有九个多月，祖母的腹部高高隆起，她能感觉到胎儿在调皮地蹬腿。祖母已在娘家住了好一阵子，家人催促她回夫家去，孩子万一生在娘家可就不好了。

十二月一出头，祖母动身回夫家，她父亲不放心，送女儿回来。还是那段不变的路，得翻过好几座大山，攀上几百个石阶，再走下几百个石阶，尽管祖母挺着九个多月的大肚子，仿佛捧着一个巨大的西瓜负重而行，但别无他法。

初冬的山依然青翠，秋叶满路，踩上去沙沙响。好在那个早晨天气晴朗，明亮的光束时不时跳跃于祖母视线里。祖母和她的父亲翻过两座山后，途经一个山坳里的村庄，剧烈的腹痛袭来，祖母跟她父亲说："我要生了。"真令人猝不及防，如何办才好？但祖母似乎并没有多少慌乱，又硬挺着往前走了一段路，腹中疼痛愈发剧烈。就在那时，路边一处草料间出现在两人面前，祖母捧着剧痛的肚子避了进去。今天，我的文字已无法复原更多细节，我不知道当时祖母的父亲是不是去了附近村庄找来一个女人帮忙。大半个时辰后，祖母顺利诞下一个男婴，以竹篮里随身带的做女红的剪刀剪去脐带，以自己的冬衣包裹。

这个降生在路上的男婴就是我父亲。父亲一生戏剧般于半途开始，未曾想到会于半途退场。他出生后，祖母稍作休息再次上路。那天中午祖父照常收工，未及踏进家门放下锄头，屋里传来小婴儿的啼哭，他的第一个儿子回家了。

因生于半路，祖父给父亲取名跟福，意为跟来的福分，后写成根福。

祖母一生诞下五儿一女。作为长子，父亲的童年仓促短暂，似野生植物，在山野间兀自生长，家人忙于生计，并没人在意一个男孩的一切。他大概读到高小毕业，就下地干活，放过牛，犁过地，垦过荒，砍过柴，十岁开始几乎干遍大人们的重活累活。母亲告诉我，一直到婚后分家前，父亲还是将挣的钱悉数上交父母，后来他去动个小手术，大概需要20块钱，母亲遍寻不得，只得问祖母要。父亲身上滋长着强烈的长子意识，少时就有了一份为人兄长的担当。

但父亲从来不是认命的人，他是一个乐天派梦想家，一个唯物的有神论者，一个风趣的改革家，一个心慈手软的叛逆者，一个胆小如鼠的大英雄。

按照生命运行的常态规则，父亲应该也只能当个农民，像祖父一样，侍弄散落山间的田地，春耕秋收，顺应节气。父亲农活干得漂亮，是村里工分挣得最多的后生。生产队插秧起头路，总由他带头。第一行秧有讲究，要给后面做对照，须齐整、匀称，不能插太深，不能插太浅，既要美观又要到位。生产队里农药化肥配比，也得等父亲下手，他的操作娴熟无误，配比精准。

父亲并不安耽于贫瘠的现实，满脑子都是改造生活的念头。沉重的劳作之余，他不断离开小山村到外面寻找光亮，寻找生活的另外一些途径。

2007年初夏，我在楠溪江一带晃悠，堂弟带我去了永嘉县枫林镇，说那里有徐氏宗祠。我们按图索骥，找到宗祠，并进入一户徐姓人家。说明来意后，不到一刻钟光景，村里主事的几个人都到了，随后留我吃午饭，并翻出族谱查阅先祖们的走向。其间，有个枫林中学的体育老师提到父亲名字，让我大为惊奇。他说我父亲十六七岁间曾到枫林学拳——这大概是父亲少年时代的英雄梦想在作祟。小时，父亲教我打拳，我心里很不以为然，总觉得那三脚猫功夫纯属他自创，后来才知道一切是有出处的。母亲的回忆也为我佐证了这件事，母亲记得她过门时，父亲的拳还没离手，农闲时节，伙同几个堂兄弟请一拳师来，于祖父家住十天半月，天天舞刀弄棒，上蹿下跳练功夫。

楠溪江畔古村枫林，颇有旧貌，石墙、木屋、拱桥、台门、小巷……古朴如昨。一路走去，经过父亲当年途经之地，想象他自老家出发，背一个粗布包袱，翻山越岭，走七八个小时山路到达这个村庄。想象他小小的个子，皮肤白皙，一脸青涩，眼里闪动着羞涩的憧憬。我抚摸路边鹅卵石垒成的墙体，或者靠在一棵巨大的榕树上，听溪水潺潺流动，心里升腾起一股柔软的情愫，觉到第一回离少年时的父亲如此切近。

除了习武，父亲大概也关心政治。尽管"政治"两字于小山村好比一点遥远散淡的星光，卷起裤管每天下地的人是无从触及的；政治却又无处不在，渗透到每一块泥巴里。父亲参加山村里的毛泽东思想宣传队，他对生活有着格外的热忱。去年冬天我返回故乡，在老屋板壁上依稀辨认出父亲几十年前手书的毛主席语录。二楼横梁上，一句粉笔写的"高举毛泽东思想的伟大旗帜"清晰可见。父亲大概并不知道如何高举毛泽东思想的旗帜，但一个少年种地归来，满脑子想着要高举毛泽东思想的伟大旗帜，这多少是一件脱离了身体劳作层面的有些高级的事，是农事以外的志趣，这个少年已和村里大部分少年不同了。

十八九岁时，父亲做过一阵子乡村民办教师。他供职的小学堂远，从我们村过去得走一个多小时。父亲早上天蒙蒙亮出发，沿逶迤山路行进，到达小学堂后，阳光已照亮了南面的山。傍晚，他于漫天晚霞中踏上回家路，大多数时候乐呵呵的，高兴时唱《打靶归来》："日落西山红霞飞，战士打靶把营归把营归。风展红旗映彩霞，愉快的歌声满天飞……"弟弟妹妹们听到大哥远远传来的歌声，再紧巴的心也一下子雀跃开了。

隆冬，雪下得紧，父亲去半山学堂上课。天寒雪深，山路人踪罕至，每一步都于蓬松的雪里踩出深脚印，一脚下去，脚面不见了。父亲没有雨鞋，旧布鞋掉了底儿，祖母给他纳了双新布鞋。他心疼新鞋子，穿出门没走出几步就将鞋脱了，夹在腋下，顶着雪片，光着脚在雪地里赶路，到学校门口，才坐在稻草垛里将冻红的脚擦干，重新穿上鞋子。傍晚，他又这样腋下夹着鞋光脚回家，进村后怕家人责备，才舍得穿上新布鞋。

二十一岁那年，父亲等来一个机会，村里要培养自己的赤脚医生，选个小伙送去县城卫校学医。父亲第一个报名，此事他或许早已想好，那些压抑心头的梦想早就在他身体里拱动了。村干部们选定的却是另一个小伙，父亲与这个机会失之交臂，为此郁闷了数月。后来那个小伙的家人反对他去学习，说留在家能挣工分，父亲才捡到这个名额，于一个清晨离开山村，走十多里山路，到半山的公路旁乘一辆吱嘎作响的班车，去往长潭水库边的卫校。父亲埋头苦学，他原本文化基础比别人薄弱，必须先将不足补上。除了基础医学，他们还学畜牧兽医，毕竟赤脚医生们要为广阔农村的生产作贡献。每到休息日，父亲回家，用省吃俭用的钱买一堆零食分给弟弟妹妹。许多年后，父亲的小妹——我的姑姑依然记得父亲一从学校返回就将她抱在腿上，给她梳小辫子的情形。

父亲回到村里后，给人看病，也给牛羊看病。小时候，我见过他药箱里给牛打针的针筒，特别粗大。后来父亲到了另一个城市当医生，也不知道为什么，他曾给牛羊看病的事不胫而走，成了某种带有神秘色彩的话题。他们说这个给牛看过病的医生，是用治牛的方式治人，这种不按常理的方式，反而能对付疑难杂症。

父亲照例下地干活，农闲时节，出门行医，平常日子，给村里人配个药，打个针。但父亲似乎找到了一条向上的途径，这途径有别于先前的习武之路，它通往一个宏阔的世界。父亲走了进去，那里于他有太多未解之谜需要探究。好在深山里的小村本就是良好的医生修习地，村里老人们大多精通医术，除非遇上疑难杂症万不得已才求医，家家户户仰仗自己的医学常识，拔一把草，折几截枝叶，刨几片树皮……均可入药、治病。父亲自然不满足于惯常认知，他会时常跑到村里最深谙草药的老人那儿去，他也时常自行研制新药。

我无从知晓父亲是否像远古时代的神农氏一样尝过百草，但他确实常常嘴里咬着各种野草在山村里逛来逛去，也经常将不知名的药草拔来，种在盆盆罐罐中。往后，他也在我身上做过药物试验。四五岁时，有一回我告诉父亲左手腕有点酸胀。父亲二话没说，将我带到田头，顺手拔下几棵草药，以石头捣烂，敷在我手腕上。一周后，我左手腕处惊现一片溃疡，继而皮肉腐烂，让人不忍直视……

那是他试药的一次失败案例，迄今我左手腕处伤疤依旧。父亲无意间给我留了一个清晰记号，让我相信他的作用影响深远，也让我铭记——他的魔法曾在我身体里上演过。

父亲常有新发现，某种树根可入药，某种草可吃，某种树皮可驱逐蚊蝇……他对这些事津津乐道。孩提时，父亲于院中劈柴，从柴爿中捉出肥嘟嘟肉虫数条，如获至宝，一脸兴奋地招呼我过去："真是难得，第一美味！"我摇头："虫会有毒。"父亲说："这虫吃松树的精髓，松树没毒，松花可以做麻糍你知道吧？"父亲找来一张瓦片，将虫置其上，放到灶洞里炙烤去了。过几分钟，七八条肉虫已烤成焦黄模样，父亲端着瓦片，以鼓励的目光示意我捉一条尝尝，并再三鼓动说味道好得很，可我实在没勇气下手。他又去鼓动母亲，母亲转身不理会。父亲只好独自品尝，表情动作皆夸张，仿佛尝到难得一遇的人间美味，非得在我幼小的心里留下遗憾不可。

一年隆冬，大雪封山。村里小伙子打到一头出来觅食的鹿，此事引起轰动。父亲踏着雪去围观，并未分来鹿肉，倒是要来半碗鹿血。他就那么端着鹿血急急赶回家，将院中玩雪的我唤回，要我喝下新鲜鹿血。父亲的裤脚已湿了大半，碗中鹿血凝成一小摊，像一团暗红的果冻。其时，我体弱多病，父亲认为新鲜鹿血大补，以豪言壮语说动我喝下。我端起碗闭起眼，只觉一股膻味透彻心肝肺，紧接着腹中传出一阵烫热的翻腾。睁开眼时，我看到父亲脸上狡黠的笑容。院中，雪片纷纷扬扬。

三

父亲只在卫校学了一年西医，自学生涯却漫长无比，好奇心和探究精神驱使他往前走。他自学中医，精研草药，有时还给自己打针。我小时候，有一回父亲得了病，需要往臀部肌肉注射，先是请外村一个赤脚医生来，那个赤脚医生裤子上落着泥巴，满手老茧，久不扎针，颤颤巍巍扎了几次均告失败。之后，父亲就试着给自己打针了，我们瞥见父亲右手举针，轻轻挤压针筒，挤掉几滴药水后，半转过身去，毫不犹豫地将针扎向臀部。那一刻我总会将眼睛闭一闭，仿佛能感觉到针头的凌厉之势，屁股也为之一紧。睁开眼后，一股对父亲的崇拜油然升起。

在我眼里，给自己扎针的父亲俨然是个英雄。四叔却说，你父亲胆小得很，有一回到隔壁村诊病，给一个患者打了一针青霉素，没想到青霉素发生剧烈反应，患者即刻晕过去，他一下子慌了手脚，竟忘了施救，撇下药箱兀自逃回家，闭门不出。好在那被青霉素撂倒的人自行醒转过来。祖父和叔叔们得知后，狠狠数落父亲，说这么点事怕成这样，那个村还有好几个叔伯辈的熟人，稍微解释下，就能把事摆平了的。

父亲渐渐有了些名气，四邻八乡的人都请他上门诊病。他常常种好地回来，洗净手脚，套上鞋，背起药箱就跟人走了。看病总是翻山越岭，父亲是惯于走山路的，白天自不必说，夜晚，点上一根松明，于漆黑里摸索着照例赶路。那些年，父亲因了看病而走过的山路若连起来，想必是惊人的遥远。每一回出诊，父亲并不都能赚到一笔可观的诊费，更多时候，他去给人看病，似乎出于一种道义，或者出于对别人的情意。父亲人缘好，和谁都能说上话，谁的忙都帮。有些山里人穷，穷得连医药费都出不起，父亲似乎也不计较，背回一小袋黄豆、几个南瓜，或者拎回来十几颗鸡蛋，这些都可充当医药费。他总是急匆匆地去，乐呵呵地回来。

那段时间，父亲在劳动之余，奔走于四邻八乡，治好了许多病，但有一桩事却成为父亲心头永远的痛，甚至让他一度动摇了从医的信念。

父亲的三弟，一个敦厚质朴的小伙，在二十岁那年的一个春夜突发高烧，连续几天不退。父亲给他用退烧药，烧下去又反弹。父亲不断寻找病因，又不断排除。几个月后，到县里医院，诊断为血癌。这是绝症，家里并没有钱送他去大医院，父亲承担起全部治疗责任。母亲告诉我，那时我已两岁，我们一家三口住祖父家楼下的小间，三叔住楼上。父亲不但要给三叔治疗，还要照顾三叔。三叔彻夜呼痛，家里其他人都睡得昏昏沉沉，只有父亲一听到楼上动静，即刻披衣而起。那段难熬的时期，父亲一晚上要起七八次，端着脸盆上去，给三叔擦身体，给他倒尿壶，给他打止痛针，给他按摩腹部……日复一日，父亲像进行着无声的接力；日复一日，他不断寻找新的药，无论路多远，山多险，无论是否道听途说，只要听到民间治好癌症的例子，都不辞辛苦赶过去，想尽办法将药方问来。

几乎每一天，父亲劳动归来，一放下农具，拔腿就往老屋赶。老屋里弥漫着各种草药的气味，父亲常常亲自给三叔煎药，煎好后，自己先尝尝会不会太烫，随后穿过幽暗的楼梯，端上楼去。

父亲用尽全力，依然没有办法战胜三叔的这场病，没有办法减轻、延缓他的彻夜疼痛、逐日消瘦，也没有办法阻止他的肌体被癌细胞迅速吞噬。奇迹并不因为深沉的爱而到来，死神也并不因为永不放弃的努力而却步。

我常常回想那段时间的父亲，尽管他生活在一个大家庭里，却像孤军奋战，他时常盯着自己煤油灯盏里投向板壁的孤寂影子，那么无望。母亲告诉我，到了我三岁那年，三叔的病进入晚期，父亲情急之下入了基督教，仅仅是因为听到一个基督徒说："或许外来的神能救你兄弟的命……"

我三岁那年初夏，杨梅上市季节，父亲和家人将病危的三叔送进了台州医院，三叔生命的最后时刻说的话是："我想吃杨梅。"父亲遂起身去买杨梅，等他找到杨梅摊拎着杨梅回来，心爱的弟弟已永远合上了眼，终究没吃成念想中的杨梅。

父亲扑在三叔还未完全冷却的身上痛哭，作为医生的他眼睁睁看着死神从自己手中将挚爱的三弟拽走了。那段时间，父亲心绪低落至极，据说舅爷在我三叔入殓时，劈头盖脸痛骂了父亲。那个糊涂的老头仗着长辈身份撒了一通气："若不是你天天给他治疗，不是你去信什么洋教，他不会死！"现在想来，父亲既承受了失去兄弟的痛，又承受了来自亲人的指摘。

不知道人的记忆从几岁开始，我脑海里一直存着一个三岁时的画面：母亲让我叫父亲吃饭，父亲仰面倒于床上，腿垂向地面，脚上还穿着布鞋。卧室里光线暗淡，有细小的微尘在斜射进来的光线中飞扬。我并不知道家里发生了一件多大的事，也不知道为什么三叔突然不见了。母亲也记得那一幕，她记得当时父亲还说了一句决绝的话："儿子，要不是看在你的分儿上，早就一瓶乐果（农药名）结果了性命。"

父亲爱他的弟弟妹妹，有时像兄长，有时像他们另一个父亲。三叔的死对父亲打击很大，他很茫然，医生的能力到底有限，他遍寻百草，用尽偏方，还是救不了弟弟的命。或许要到多年后父亲才能明白，医生从来只是治病，不是救命。

四

不知道是不是从那段时间开始，父亲有了另觅出路的打算，开始尝试其他事。起先，大多是些体力活，他去林场砍过树，背过木头，这些重活，父亲都能扛下来。住在林场里，一天活干下来，肩膀红肿，第二天咬咬牙又去了，他一点也不比那些人高马大的人干得少。

父亲采过石头，用炸药炸开山体中的巨石，将石头抬到平坦处，让石匠加工成石条和石块，再卖给石料场。采石顶危险的，尤其炸山的环节，那时用雷管，时常出现点了火而没有响动的情况，待过去看，却轰一声炸开。与父亲一起干活的人就被炸飞过，胳膊和腿分离，重重落到他身边。有一次，他跟表兄一起炸石头，一块大石头被轰开，直接朝他们飞来，两人躲闪不及，只能顺势平躺于山坡上，大石头轰然砸向表兄。父亲吓出一身冷汗，哆嗦着爬过去，才发现表兄躺倒在两块大条石间的缝隙里，飞来的巨石覆盖了他，却被条石挡住，表兄毫发无损。

这件事没持续多久，大概太危险，也挣不到钱。母亲告诉我，那段时间三叔治病花去一些钱，家里尤其拮据，牙膏用完后，她想去买支新牙膏，翻遍抽屉就是凑不够钱。父亲到处寻找赚钱门路，迫切想摆脱贫穷的困境。

他又听人说，种杜鹃花挣钱，城里有人大量收购杜鹃花。遂买了花苗来，辟出两亩山地种杜鹃花，还买了农技方面的书研究杜鹃花习性。第二年春天，杜鹃花齐刷刷开了，热烈得很，父亲却找不到一个要买花的城里人。这中间也有生意人拎着黑色的人造革包来到小山村，到地里看了看杜鹃花，说了两句赞美的话，到祖父家吃了饭，喝了酒，打了两个饱嗝，便拎着包走出村去，再没来过。

父亲的杜鹃花成了纯观赏植物，时常地，他摘几枝花来，在姑姑头上插一枝，在祖母头上插一枝，在自家屋里插一枝，黑咕隆咚的屋子因了一枝杜鹃亮起来了。但杜鹃花也不能总是以观赏植物的身份占着田地而不生钱，山里田地金贵，最后只好将花悉数砍了当引火的柴。

种杜鹃花依然没让父亲挣到钱，也未能扑灭他想挣钱的热切心愿。他又打听到蘑菇畅销，开始种蘑菇。父亲是第一个将家养蘑菇带进闭塞小山村的人。这是一种新鲜事物，山村里的人只吃过野生菌，有着很大的菌托，夏天雷雨后于腐草旁冒起一片，他们并不认得家养的蘑菇。

父亲和他的几个弟弟开始全面筹划这项工程，他们拉来麦草、玉米秆，到山野各处捡拾牛粪，再储存起来。

蘑菇种在祖父家黑乎乎的草料间里，先找木匠打了一层一层架子。父亲在那些架子上层层铺开干牛粪，牛粪味登堂入室，轰轰烈烈。平常草料间的门紧紧关起，但每天父亲都会进去开窗通风，或者拿水壶给架子洒水。架子上总是光秃秃的，除了平平的牛粪和草料散发出热烘烘的气息，蘑菇始终不见踪影。我真替父亲着急，心想会不会菌种坏了，他要种不出蘑菇了。但他似乎并不惊慌，只是一日日去看并不存在的蘑菇。

有一天，父亲兴冲冲地将我拉进了蘑菇房。我站在气息浓郁的木架子前，看父亲小心翼翼拨开覆盖在牛粪上的草料，无数白白胖胖的蘑菇正探头探脑立在我们面前。父亲笑了，他像魔法师一样，把一个新的事物变出来了。

魔法师能变出蘑菇，却变不出上面印着毛主席头像的钞票。父亲的蘑菇一屉一屉冒出来，长得茂盛可人，可不知道为什么，父亲口里说的味道鲜得要掉牙齿的蘑菇无人问津。那会儿，村里的人还没想过菜是要买来吃的，一年到头家家户户自给自足，根本不会花钱买菜蔬。村外的人，或者说城里人，又哪知道深山里有人种蘑菇？蘑菇只好自己吃，但山里人平常吃的野生菌鲜美得很，蘑菇却有一股子牛粪味，家里便没人爱吃，我也不爱吃，夹一片放进嘴里，咬一口，"呸"一声吐掉。我想蘑菇在牛粪里长大，是不是牛粪留在了它体内，才生出这么一股子奇奇怪怪的味道？不但我们，邻居们也大多觉得蘑菇味冲，蘑菇只好自己长出来自己烂掉。

父亲的又一桩事业以失败告终。他继续折腾别的活儿，又和母亲一起去烧过炭，编过桔筐，倒腾来倒腾去，一切似竹篮打水。尽管挣不了钱，实现不了生活的些许愿望，父亲从没消极过，大多数时候他热衷于推倒重来。

在老家的那几年，父亲的一个大愿望是造一栋新房。

我们分家后，分得一间老屋，逼仄昏暗，楼下一个十来平方米的卧室，一个七八平方米的灶间。楼上两面透风，像个凉亭，后以木板隔出一个小间放杂物，如此而已。

父亲想改变居住状况，可小山村土地稀缺，没有宅基地造不了房子。父亲突发奇想，要将房子造到祖父家对面的前门山上去。前门山并不高，我们小时常跑去玩，十几分钟就能上到山顶。山顶树林茂密，朝东的山崖前有片空地，能造几间屋。但若真造了屋，是跟村庄分离开来的，小山村在山脚依势展开，唯独这个地方孤悬一线。父亲找了村里另一个想象力丰富的人，期望联手上山顶开辟新生活。

有了设想，父亲着手准备建筑材料。也并不复杂，主要是木料和砖瓦，木料可到自家山上砍伐，父亲叫了几个帮工，从山上将大树砍倒，一棵一棵扛回来，为此折腾了几个月。造房子的另一个主要原料砖头瓦片，父亲决定自己烧，大概烧砖制瓦工艺并不太难，山上能找到烧制砖瓦的黏土，况且柴火充足。父亲找了我妈的两个弟弟帮忙，很快就在一个大山坡背风处搭建起砖窑。我依稀记得烧制砖瓦那些天，人是要住那儿的，火不能歇，得始终保持窑温，才能烧制出合格成品来。家里女人们便给他们送饭送点心去，一天三餐饭，下午送几个麦饼当点心。我跟着送饭的母亲或姑姑去砖窑，午后在山坡上疯玩，便不愿回家，晚上住在窑旁临时棚屋里。那时似乎是冬天，夜晚温度低，好在棚屋离砖窑近，似乎不冷。夜黑沉沉的，天空蓝得深邃，零碎的星星自覆盖着树枝和茅草的屋顶缝隙漏下来。风从山野跑过，弄出很大响动。父亲和衣躺着，对我说："等砖头瓦片烧好，明年我们就有房子了。"有没有房子，有没有钱，于四五岁的我都不重要，重要的是他们都在。那个夜晚，父亲就躺在我身边，他的呼吸切近地响在我耳畔，真正的忧愁和伤害还没有像大雨一样落进我的世界。

房子终究没建成。先是母亲竭力反对，她越想越害怕，住到人迹罕至的山上去，若日后丈夫不在，和孩子们如何面对这份空寂？再是父亲一个朋友出来说话，那是父亲发小，颇读过一些书，懂《周易》，会占卜，说山崖朝东，风水不好，恐有不测。父亲向来信赖这位朋友，也或许怵他提到的神明。凡此种种，让父亲对建房一事住了手。

那个要和父亲联手去山上建屋的人一意孤行，在那儿造了三间楼房，终于也没有长住下去。三间房子逐渐荒废，杂草丛生，梁上缠绕青藤，里面宿满野兔、野鸡……还有其他不请自来的动物。

烧出来的砖头瓦片一直闲置于祖父家空地上，栉风沐雨，黄砖变成青砖，瓦片爬上青苔，而后逐渐散失，有些成了别人家的灶台，有些成了别人家的猪圈，有些成了别人家的鸡窝。

五

父亲决意离开大山深处，故乡的山村除了生长树木和庄稼，并不提供生长梦想的土壤。这个偏僻的地方限制了他的想象力，用去多年，他始终没想好该如何让生活生发出变化，但有句话常挂父亲嘴边："不怕困难，不怕牺牲，排除万难去争取胜利。"

1987年，父亲听说宁波乡下有大片大片农田可承包租种，就决定和一个表兄去看看。父亲头戴草帽，身着粗布衣服，脚穿解放鞋，拎一个帆布包，莽莽撞撞地去了。

由宁波站出发，一路向城市西边行进，没过多久，大片大片田野在他面前展开。初夏时节，稻子已吐穗，满眼的绿在南风里翻动，父亲见识了生命里向往的那片辽阔。直到今天，我依然格外怀念当时的乡村，究其原因，或许那是父亲曾行走过的场景，以那样的乡村为背景，走向满眼碧绿的稻禾，我才得以接近父亲。

这一趟试探性的远行，最终更改了父亲的命运。他到其中一个村子作了短暂停留，从村支书那儿探听到此地医务室缺个医生，这让父亲瞬间觉得属于自己的机会来了。几个月后，父亲借了400块钱，拎着之前那个帆布包"走马上任"，到宁波乡下一个村做了医生。

一到新地方，他即将全部热情投注到新的事业里。大半年时间，父亲音信全无，母亲一个人操持家务，照看庄稼。母亲让我给父亲写信询问近况，我一年级读了一学期，字写得歪歪扭扭，里面用了许多拼音，但终究不知道父亲是否收到了信。许多事，都要隔着经久的时光才明白，父亲那样心无旁骛，实在是想在新地方尽快立足，他是一棵外来的植物，铆足劲儿才能扎下根来。

第二年，父亲将我接了出来，母亲由于要照看家里的庄稼，一时半会儿还过不来，而我则要转学读书，父亲认为此事刻不容缓。他极想给孩子好的教育，尽管能力有限，但不放过任何机会。我读小学那会儿，父亲几乎给我的所有老师都看过病，有些老师家的老人几十年的疑难杂症经父亲之手，都一一得到治愈。父亲给我的老师和老师的亲属们看病，常常不收医药费。他们执意给，就收回点药物成本费。

我刚到这个地方时，父亲忙得团团转，无暇顾及衣食起居，也无暇顾及我。他终日穿着一件土黄色卡其布外套，那种颜色的衣服，即便脏了也不怎么看得出来，父亲穿它就是为了少洗几次。我忘记了那会儿我跟父亲是怎样生活的，我们如何对付一日三餐。父亲更多时候一心扑在患者身上，看起病来废寝忘食，无论什么时间，只要还有一个患者等着，他都坚持先给人看好病再用餐和休息。小诊所，门虽设却不"打烊"。有时深夜，我们睡得昏昏沉沉，依然会有患者来打门，父亲翻身就起床；有时凌晨，也会有人摸黑敲门，愣是将人从酣睡中惊醒，父亲照例翻身下床，几分钟后就开了门。自己上门来的患者还好，最怕患者家属叫门，要请医生过去，父亲照例出诊。印象里，父亲从不懂得拒绝病人，也极少跟病人发脾气。

夜静更深，父亲要出诊，我又害怕独自睡在医务室里，他只好带上我。他侧挎着药箱，将我背在背上，跨进浓重的夜色里。父亲的背温暖厚实，道路在他脚下起伏，田野开阔，村庄安详寂然，有几点零星的鸦叫传来，让人心里禁不住有些发毛。我并不知道，这竟是一生里和父亲相处得最亲近的时光。好时光如朝露般短暂，谁能知晓命运的秘密呢？

往往要走上好长一段路才到患者家，还没进门，就听到病人的呻吟，有时是急性肠炎，有时是胆囊炎，有时是胃绞痛……都是些熬不到天明的病。

进门，即刻诊断，用药，挂水，争分夺秒。

等病人的疼痛平息下来，父亲才歇下喝口水，脸上现出放松神情，嘴里和主人说上笑话。跟父亲上门看病，也有开心事。患者的痛止住后，遇到客气些的人家，往往已为医生备下点心。最常见的是汤圆，里面卧两个白胖的鸭蛋。小时我最爱汤圆，最爱跟父亲一起坐下来享用点心，这意味着出诊一切顺利，患者平安，家属满意，父亲如释重负，仿佛经受住了一场考验。

到新地方立足岂是易事？医务室里也有小流氓闹事，也有刑满释放不久的劳改人员借钱，也有地方卫生防疫站的人找碴。在这些事情上，父亲一贯采取"合作"与退让的姿态，四叔说的胆小劲儿又回来了。他去给村干部送礼，让卫生防疫站的人顺走诊所里贵重的药——当时有药贩子的营生，这些药可以低价倒给其他诊所，兑换成真金白银。有个防疫站干部尝到甜头，三两个月就来诊所"视察"一次，回去时，黑公文包鼓鼓囊囊，还振振有词，要对医务室卫生状况进行彻查。父亲借钱给刑满释放人员，并治好他的病，村里出了名的浪子倒对父亲敬重有加。

父亲的用心赢得越来越好的口碑，小诊所患者日增，父亲忙得不可开交，常常顾不上做饭给我吃。为让我吃上饭，父亲将十六岁的姑姑从山里接来，其时姑姑念了两年初中，无心上学，就外出打工了。父亲教会姑姑打针配药，姑姑成了医务室里的小护士，她白白净净，很惹人喜欢。每天傍晚，姑姑就用一个小小的煤油炉煮饭给我们吃，她自己也还是个孩子，于厨房的事并不熟络，那个煤油炉子太过简易，靠着伸进煤油的灯芯发出的一朵小火苗来加工食物，可见难度之甚。炖小鱼汤是姑姑最拿手的，抓一撮小鱼干放进搪瓷杯，加点水，加两勺酱油，直接搁煤油炉上炖。还有一个菜是烧冬瓜，再就是油豆腐……似乎总是几样素净的菜。偶尔父亲出诊经过菜场，拎一刀肉回来，算是改善伙食，他最爱吃肉，我也爱。父亲从不抱怨饭菜，每回都吃得津津有味。他那一代人对生活少有挑剔和偏见。晚上，我和父亲就睡医务室里，有一张白天给病人打点滴用的小钢丝床，到晚上，从药柜里取出被褥铺好，摇身一变，成为我们自己的床。姑姑则借宿在村里一个老乡家，那户人家的二女儿跟她年纪相仿。

姑姑和我们过了半年，随后跟随一群小姐妹去外省打工。第二年，母亲将粮食收入谷仓，把田地托付给祖父，带着妹妹来了，一家子重新团聚，却没有地方住。医务室容不下四个人，况且真不是干净去处，消毒水的气息充斥在空气里，还有各种见不到的细菌和病毒。

　　父亲人缘好，到新地方，除了一心研究医学，再就是一心交朋友。他交朋友好比平常吃饭，毫不挑剔，大概觉得多认识个人多份照应，才能于陌生之地扎下根来。他习得几句拗口的当地方言，一点也不怕说话蹩脚惹人笑话，随时跟患者拉家常、谈人生，无话不讲。父亲是很会聊天的，常常逗得患者忘了病痛，我有时想，他们是不是觉得听父亲讲一口蹩脚当地话本身就很可笑。

　　父亲认识的当地人里，最亲近的数隔壁邻居，一个在村里小学做老师的老太太。老太太姓胡，和我母亲同姓，父亲称呼她胡妈妈。起先，由于要夜间出诊，父亲觉得医务室的收入带在身边不安全，放医务室也不安全，就将钱用报纸包起来，交给邻居老太太保管。老太太的丈夫整日酗酒，又有高血压，时常会被酒精撂倒于桌旁。他们的儿女不在身旁，老头子又人高马大，加之醉酒，重得很，老太太动他不得，父亲就成了老头子最好的看护人，他曾不止一次将"看护对象"从桌底下拖到床上去。

一来二去，父亲和邻居熟识了，老太太见我们一家无处落脚，便让我们住到她家楼下闲置的房间。房间不大，十几平方米光景，能放下两张小床，有一个写字台，干燥洁净，比医务室强多了。只是有些不自在，寄人篱下，父亲和母亲显得格外小心翼翼，走路、关门、起床皆轻手轻脚。有一个夏夜，我和妹妹先去邻居家就寝——这也是惯例，父母亲总要忙到很晚，直到光顾医务室的人一一离开，一天才算结束。但那晚，我们偏偏睡不着，到十点多又起来，踩着田边起落的蛙鸣，回到相隔不远的医务室。暑热褪去，沉闷的夜凉下来。医务室里灯火明亮。等了好久，父亲和母亲才忙好，我们打着哈欠，在心里说总算可以睡了，但走到老太太家楼下，惊觉钥匙反锁在里头了。此刻两位老人早已入眠，父母实在不忍心打搅，一家人重新返回医务室，我被父亲痛骂了一顿。

那个夜晚，我和妹妹在小钢丝床上睡，身上盖着父亲和母亲的外套，而他们则在床边坐到天明。第二天父亲照例忙碌，以十分的热情马不停蹄地迎接患者。

六

父亲到了新地方，事业空前顺利，很快回本，开始意气风发地为新生活打拼。这当儿，他最小的弟弟——我的小叔，人生也出现了重大转折，考入了大学。前两年，小叔高中毕业后，做了一段时间民办教师，终不甘心于山村里聊度一生，想方设法进县高中复读，一年后考入湖南一所自费的大学。尽管那所大学不出名，小叔已是父亲心头很大的骄傲了，他逢人便说："小弟是老家村里第一个大学生。"

其时，祖父祖母手头几无积蓄，无力承担小叔的学习费用。父亲的人生转机似乎也为小叔的人生转机作好了铺垫。我后来才知道，父亲将医务室第一个月的收入全寄给了小叔。这些事，父亲从不向母亲说起，母亲来了后的那几年，也正是小叔上大学的几年，父亲和母亲之间时常争吵，个中缘由都是因了小叔的上学费用。母亲觉得父亲到新地方，连本儿都没挣回来，一家人立锥之地都还没有，就要负担弟弟上大学，十分不理解。但于父亲，这似乎并不是需要商量和选择的事，他满心欢喜着徐家出了个大学生，又怎么可能让弟弟因为钱而中断学业？父亲一次一次将钱悄悄寄给小叔，有时几百，有时几十。母亲不识字，又不能干预父亲到镇上去，他过两天就要去药店进新药，顺带着一个人拐向邮局。有一回，母亲给父亲洗一件外套，从里面翻出一张汇款单，让我辨认，才明白父亲又给小叔寄了一笔钱，家里的战争即刻爆发。母亲常常为此和父亲大吵大闹，父亲大多数时候性情温和，一旦被激怒，就是暴风骤雨，言语间绝无半点退让。

吵架归吵架，父亲决不会更改主意，他无时无刻不在担心弟弟，担心他在遥远的湖南吃不好穿不暖。母亲忍无可忍中想到一个实在有点愚蠢的策略，请隔壁邻居——那位识字的老师以父亲的口吻给小叔写了封信，大致说刚到宁波开诊所，需留足经费添置设备，采购药物，故近期不能给小弟提供资助了，望理解为盼云云。不识字的母亲或许并不明白字是有笔迹可循的，我的叔叔瞥一眼就知道这信断然不会出自大哥之手。

待到小叔大三那年，去广州一所中学实习。寒假，小叔回台州老家，于宁波站下车，途经我家。那时他还没有工资，真是身无分文，他告诉父亲，在火车上买不起菜，就掏五分钱，问列车员要点酱油拌饭吃。那年冬天特别冷，小叔由温暖的南方北上，行李中只有一件薄的马海毛线衣，火车越往北开越冷，到我家，天飘起零星雪花，小叔冻得瑟瑟发抖。母亲赶紧翻出一件父亲的厚毛衣给他穿上，父亲还让母亲买几斤毛线，给小叔织件毛衣，说过了春节给他捎去。母亲是刀子嘴豆腐心的人，照办了。

小叔来的第二天，母亲和父亲私下里又狠狠吵了一架。也没有什么大事，就寝时，母亲发现父亲只穿着一条薄薄的秋裤，一问才知道他将母亲织的那条厚毛线裤脱下给弟弟穿了。母亲的无名火不引自来，她痛恨丈夫不顾自己冷暖，却对弟弟掏心掏肺，她也伤心父亲似乎从未对她那么好过。

父亲对人的好，绝不仅限于亲弟弟。那些年，他和母亲发生争执大多源于别人，源于他令人难以理解的热心肠。他还未于异地站稳脚跟，老家亲戚们就一拨一拨找上门来。那会儿，我们家在医务室旁边问村里要到一间小平屋，有了一个小小的住处，一家人吃喝拉撒睡都在那儿展开。母亲要在如此逼仄的地方烧菜做饭，招待一拨又一拨无所事事八竿子才能够上关系的亲戚，想来也不会有好心情。

一年冬天，从老家回来，父亲带回一个令人咋舌的消息，说他表兄的老婆懂点草药，想来医务室门口摆摊。这是要在饺子摊里卖馄饨？母亲听了很惊讶，连九岁的我也备感不平，我自小明白父亲挣钱于全家之重要性。父亲却心绪平静："人家来赚点钱也是应该的，山里人挣不到钱的。"

两个月后，那个女人长途跋涉背着两麻袋草药来了。每天医务室门一开，她就将草药在门口一字摆开，搬张小凳子坐旁边。父亲常常会作引导，诊完病后指点患者："到那边抓几帖草药就成。"而自己从老家深山里挖来的草药却不再出售。那种时候，我是鄙视父亲的，我甚至为他担忧，担忧人们都找那女人买草药，父亲就没病可看了。

想象中的坏结果并没出现，那个大胸脯厚嘴唇的女人在兜售了一袋草药后，卷起剩下的草根树皮告辞了，此后不曾再来。令人感慨的是，她在我家蹭吃蹭喝卖药两个月，竟然连最后这点存货都没留下做个顺水人情。

这大致能见出父亲惯常的处事方式——利益面前常常吃亏，他并非精明人。以至于几年后，父亲溘然长逝，母亲和我的叔叔们整整花去两年多时间，走街串巷费尽心力，去追讨父亲借给各色人等的钱。

七

那段时间，父亲的职业生涯趋于巅峰，他似乎获得了神秘的感召。从内科到外科，再到儿科、妇科，从普通病症到恶性肿瘤，再到各类疑难杂症，父亲近乎全能。他还根据一部复印的医学秘籍自学了人体穴位和针灸技术。那是父亲一位朋友家传的书，本是秘不示人的，该朋友从家中悄悄偷出，复印后装订成册送给父亲。父亲根据书中提示，拿着银针缓缓往自己身体穴位上捻，感受扎针的酸和痛，也壮起胆来往病人身上扎。不出三个月，学会一套针灸技法。

父亲的探索无止无休，他企图制服越来越多的疑难杂症。他以针刺和草药治疗号称顽疾的白癜风，以自行调配的灌装于盐水瓶里的药水治疗硬皮病。我还记得一个十六七岁的姑娘，正值花一样的年纪，却得了无药可治的怪病，身上皮肤逐渐变硬，蛇鳞般裂开。从脸到身体，再到四肢，十六七岁的人干枯成了八九十岁的怪物。这个姑娘的父母带她去遍了大医院，最后还是选择走进父亲的诊所，那是她的最后一条路。

但父亲没想到有一天，看病也会遭到母亲强烈阻挠。事情源于村里一位年轻妇人得了妇科病，来看病那天，她显得吞吞吐吐，等到其他患者走后，医务室空阔起来，才声音低低地向父亲吐露实情。母亲恰好在场，那会儿母亲早已学会了肌肉和静脉注射，成了继姑姑之后父亲的第二任助手。根据口述，父亲细细分析了患者病情，说先开几天药试试，若不见效，就要对私处用药。待那位年轻妇人走后，母亲即刻告诫父亲："这个女人骨头轻得很，那里才会烂，千万别给她看，让她到大医院去就是了。"这番话无意间让我听到，母亲平常语气中夹杂着不容反驳的态度。我不知道这女人怎么个轻骨头了，只知道她看起来窈窕白净，脸庞红扑扑的，说话轻声细气，全然不似乡村妇女的公鸭嗓子；走路也好看，不似乡下女人那种脚下生风的情状，而是一小步一小步，不急不缓落到地面。面对郑重警告，父亲不响，但也似乎冲母亲点了头，明确表示不会看这个病。

可没过几天，母亲见那妇人提着长裙款步自医务室隐蔽门帘中走出，遂与父亲大吵一架。现在想来，这多少是一件好笑的事。母亲无论如何不理解一个医生的追求和抱负，只是将这次治疗当成了一场令人不齿的事件。好在吵过后，父亲依然我行我素，他要给谁看病，要如何看病，并不取决于其他原因，仅仅取决于病本身，他是医生，减轻病人的痛苦是他的职责，他不探讨痛苦来自病人上半身还是下半身。

那个年代的乡村医生，看病方式和之后的大相径庭，看病于他们似乎是神明的召唤，是最高使命。在宁波的第二个冬天特别冷，父亲医务室里来了位特殊病人，一个三岁的小孩。来的时候奄奄一息，头歪在脖子上，哭声低微，似微弱的烛火随时会熄灭。父亲给孩子开了药后，留下孩子父母，问他们怎么养孩子的。孩子母亲嘴巴嘚啵嘚啵个不停，将家中带孩子那些鸡零狗碎的事竹筒倒豆子般倒出。父亲听后当即断言："孩子再这么养下去，不出半年就会死在你手里。"这话不是一般医生会说的，当然，父亲本来就不是一般医生。"徐医生，怎么办？"孩子父母听了非但没生气，反而很焦灼，据他们说，真做好了孩子夭折的准备。"放我家养，保证一年后活蹦乱跳着走出去。"

父亲后面这话实则是句玩笑，他哪有精力给人养孩子，他连我和妹妹都顾不上养呢。对方父母却固执地听进去了。过了几天，他们再次带孩子来看病，郑重提出要把儿子寄养在我家，说一年出2000块抚养费。父亲这才知道人家动了真格，慌忙解释行不通，我们借住在巴掌大的地方，医务室又一天忙到晚，真行不通。一周后，孩子父母再次抱着孩子上门，他们铁了心，带了一大袋换洗衣服、奶粉、奶瓶、儿童玩具……将孩子置于我家床上，头也不回小跑着离开了。孩子父亲是开拖拉机的，父亲追出去时，他的拖拉机已经"突突突"地消失在村边机耕路上。父亲和母亲仿佛突然"捡到"一个小儿子，开始悉心照料他。

大概怕我父母反悔，孩子的亲生父母隔了大半个月才来探望，来时，小孩气色大变，脸上已泛起光泽。他们当然不会就此罢休，探望结束后，拖拉机再次飞奔而去。更具宿命意味的是，几年后，父亲出事，就是这个孩子的父亲开着他的这辆拖拉机将父亲的遗体由医院拉到了墓地山下一间小屋里，毕竟谁的车都不愿接纳一个意外死亡的人。这是后话。

跟冬天的寒冷一道，这个小屁孩儿硬生生挤入了我们的生活，他时常跟在我和妹妹身后，小脸蛋冻得红扑扑的，鼻涕挂下来。怕他的手生冻疮，母亲将孩子的棉袄袖口用细绳扎紧。但他确实越来越健康了，父亲不断以草药调理他，并规范饮食作息，原先极度厌食的孩子胃口大开，时常要跟我和妹妹争夺零食，因此也挨过我们不少欺负。当然，每一回欺负他，我们付出的代价也不小，父母一定会将我们骂一通。尤其父亲，离开医务室一踏进家门，第一件事就是去抱这个"小儿子"，把他抛到半空中，逗得他咯咯笑。一年半之后，孩子彻底恢复健康，父亲和母亲将他还了回去，送他走的时候，很不舍，母亲还落了泪。二十年后，我再次见到他，小伙子来送结婚喜糖，人高马大，皮肤黝黑。无法想象，面前的人就是当年那个倒伏在旱地里的小苗般经不住任何风吹雨打的孩子。

父亲不遗余力经营医院。起先，医务室就一个平房。后来患者越来越多，村里又给了一个相邻的平房，从中间凿出一扇门来，隔壁那间用来输液。医务室里成天挤满了人，父亲一天不知要说多少话，要给多少人看病，但他大多数时候精神勃发，快乐得像个喜剧演员。到傍晚，他端着一个大铝锅，给里面的针管针头消毒，那时还没推广无菌输液设备，消毒过程极其烦琐，但谁也不敢含糊，消完毒的针筒、针头都要放进另一个大铝锅，放满水用电炉高温蒸煮。全家人都擅长做这个手工活，我们以大铝锅为圆心围坐着，暮色渐起，一天的忙碌像夕阳一般退去，那一刻父亲才有时间和我们说说话。由于父亲坚持消毒要充分，每年都会发生一两起将铝锅烧干，注射仪器被悉数焚为一堆废物的惨剧。

父亲最骄傲的事，莫过于康复的患者将一面面锦旗送到他手里。那些锦旗全是大红或暗红的丝绒做的，大多数写着"妙手回春""华佗在世"之类毫无新意的话。三年后，父亲医务室墙上一片红艳，每一个空档都让锦旗占领……

病人走光后，父亲常常背着手，仰起脸，朝墙上反复端详，就像我于学校布告栏里端详三好生名单上自己的名字一般。

八

父亲一生短暂，一定未曾预见生命会于一个黎明的路口戛然而止。大多数时候，人们坚信死亡与己无关，远在看不到边际的地方，由此可将生的疆域无限拓展，于上面铺陈各样欲望。殊不知死亡一声令下，一切如多米诺骨牌应声而倒。

父亲并未预见人生何时终结，但对自己能否寿终正寝持悲观态度。他的悲观来得有些无厘头，他既身体健康，又无不良嗜好，也不从事冒险行当，没有理由担心活不久。可他极相信命运，让那位能掐会算的朋友反复相过面，惊觉自己面颊单薄，人中短促。他常对着镜子以手指测量人中，说是不祥征兆，恐难活过四十。孩提时，他反复审视我的面相，又看出些许破绽，嫌我耳垂偏小，鼻梁不挺，非有福之相；一逮到机会，准出手"阔绰"，狠命拉我耳朵，捏我鼻梁，弄得我两耳生疼，鼻梁发红，眼里冒出热辣的泪花来，才肯罢休。

以至于母亲生妹妹时，父亲也听到不好传言，说若第二胎生下女儿会克父。我妹妹于家中诞下，是旧历十二月底一个冷冬深夜。父亲不但没有做好迎接准备，反而显得十分不安，他无暇顾及刚刚降生的小婴儿尚裸露在寒冷中，一见是女娃，怀着复杂的心绪跑到祖父祖母房外，敲门问询："生了个女儿，怎么办？要包起来吗？"祖父震怒，于房中厉声斥责："还能怎么办？孩子都生出来了，这么冷的天，难不成要把她生生冻死？"父亲遂返回，将妹妹包入襁褓。母亲说，妹妹已冻得哭不出声了。

父亲没想到，克他的并非女儿。灾祸起于我小舅舅一场失败的婚恋，舅舅被女方骗去一笔钱，需要姐夫——我父亲出面主持公道。父亲与母亲趁我们暑假到来，赶回老家处理这桩难题，路上，他们乘坐的小三轮客车遭遇一辆大型工程车撞击。这就是父亲常挂嘴边的命数吗？1992年夏天，在那个清晨的天光还未及光顾的路口，父亲不告而别。

我知道父亲有无穷无尽的遗憾，生命里有太多未尽事宜：儿女还未长大，新房还未造好，开出的药方还未交到患者手里……确乎，在父亲去世两三年后，还有患者找上门，问徐医生在吗，这是当年击打在我们心头最沉痛的询问了。

　　二十六年过去，我从未在这人世上喊过谁父亲，但从来都知道我有父亲。我的父亲，他以最短暂的方式进入过我的生命，又以最永恒的方式沉到我心底，恍若天上那轮永远的月亮，从不消散。我的父亲，他永逝不再来了，但谁又能说他的生命没有以另一种形式注入我的生命呢？多少年后，我开始感叹自己的游移不定，感叹自己的耽于幻想，也感叹自己悲观主义中那些始终不曾泯灭的欢乐精神，这不都是那个叫父亲的男人给我的吗？

　　在这篇迟到了二十六年之久的长文中，我写下"父亲"，久远的父亲此刻已回来，他穿过秋叶飞落的傍晚，穿过厅堂，紧紧拥抱这个和他仿佛年纪的儿子。

薄

暮

故乡的暮色，是无边无际的命运的况味，是天空山川大地低沉如诉的交响，我听过一遍，灵魂殿堂里会回响一生。

时间往前走，记忆向后走，三十三年过去，一个四岁的男孩依然在石桥上徘徊。

他装作若无其事的样子朝村口张望，间或有人往桥上来，就避开几步，跑到桥边分岔路口的大红豆杉下，假装看溪水卷起一片打转的落叶。他不喜欢人家问起，心里的委屈得独自藏着掖着。他等了许久，那一天显得格外漫长。面前不断闪现母亲走时的样子，她解下身上围裙，故作轻松地抚摸他的头。随后，她一个人走出村去，跟碰到的邻居大嫂说："这个事情迟早躲不过，现在就去做了。"他并不很明白母亲去做什么。

夕阳下去，暮色在青山边浮动，小男孩看到远远一群人拥着一个什么从村口小路进来。等到人群近些，才发现他们抬着担架。他没有急切地跑去，只在心里担忧着，目光在杂沓的人群里寻觅，他找不见母亲的身影。直到人群更近，担架这一头仿佛要触到桥边的石头，他居高临下瞧见了夹杂其中的疲惫的父亲，还来不及喊爸爸，有人冲他说："妈妈回来了。"

男孩不明白发生了什么，先被这架势吓住。他瞥见担架上母亲苍白的脸，额头包着一块帕子，眼睛紧紧闭着。他哇一声哭了出来，哭声在那个黄昏荡漾开去，融入近旁的薄暮中。他觉得心空落极了，牙齿根儿发痒，头皮麻麻的，去年立在屋檐上望着黑瓦下不来就是这种感觉。

那是1984年早春，妹妹出生后第二年，母亲到乡里医院做了绝育手术。二十世纪八十年代初期，计划生育如火如茶地在全国铺开，推行到这个小村庄晚了几年，小男孩才"拣"了一个妹妹。

那个傍晚的漫长等待，那片自青山里浮动而来的薄暮，大概是我记忆里最早觉察到的人间忧伤。忧伤通常无迹可寻，但我分明觉得它就是暮色的另一种形式，它也是缥缈的，寂静的，悄然而至的。

一

那会儿，父亲、母亲、我，还有小我三岁的妹妹生活在一个寂静微小的世界里。世界小到只有两条溪，一片山，只有叫不出名字来的树，只有鸟衔着无边无际的贫穷飞来飞去。父母一直忙碌，我们睁开眼睛，父亲母亲就出门干活了，他们带着干粮往山上走。我和妹妹在早晨霞光里往另一个方向走，我们走去祖父家。山太大了，父亲和母亲一头扎进去，让我们再找不见。直到天黑透，他们才重新出现，头上、粗布衣服上沾着枯黄的锯齿状的草叶。我和妹妹在奶奶家随便对付午餐，吃点粗糙的食物，有时是一个大麦饼，麦饼圈很厚，不像母亲烙的，圈薄馅足，一口咬到白亮亮的板油；有时是红薯米粥配土豆。奶奶的灶台永远黑乎乎的，端出来的粗瓷碗也黑乎乎的，奶奶烧好饭后，脸上沾满锅灰，脸也黑乎乎的。

午饭后，我们晃回自家门前，穿过东倒西歪的木台门，里面四五户人家围起一个院子。我家临溪，老屋低矮简陋，以石头垒砌成一堵面溪的墙，其他三面支着薄薄的木板，木板墙和石墙中间撑着几根粗大的木柱，已被虫蛀得坑坑洼洼，露出颓败相。一个吱嘎作响的木楼梯通往二楼，二楼低矮，两面通风，三角的木屋顶直压下来，每一次走上去我都有些害怕。老屋以黄泥铺地，时间久远，众人踩踏的地面出落得黝黑坚实。

六岁的小男孩和三岁的小女孩，两个暂时被大人遗忘的人，有时坐在门槛上，有时坐在屋旁木台门下长条凳上。那是两条供人们晒太阳的圆横木，到深冬，就会有一群老人蜗牛般爬满它们。但现在它是我们的游戏场，我们在上面跳，在上面练"金鸡独立"，或者在上面一寸一寸地蹭来蹭去。我已记不起怎样度过漫长的午后时光了，我们晃晃悠悠走遍小村庄的角角落落，时间笨重迟缓。日头跌下去后，还得等很久，父母亲才会回来。那会儿，村里人想到的赚钱方法是编桔筐，那是他们在绞尽脑汁后忽然遇到的。我们所在的那个县是著名的桔乡，小山村里却没有一棵桔子树，连桔子树都挑平原长。可有一天，有人到乡里收桔筐，并拿来一个藤条编的筐作为样品，他们讲这叫藤簖。没过多久，家家户户男人女人都上山砍藤条去了，这是一种长得很齐整的藤本植物，小拇指般粗细，韧性十足。他们白天砍藤条，晚上编藤簖，到市场上以五角到七角一只卖出。一只藤簖能装五六十斤桔子，那真是一个不小的筐子了，六七岁的孩子跳进去，蜷起腿来，恰好能躲里头。

那些日子，我们在沉沉暮色里等待的就是背着一大捆一大捆藤条的父亲和母亲，他们跟随村里其他男女，从我家老屋边那条石路上走来。也有很多时候，他们并不随大队人马一起归来，山上藤条越来越少，就得和别人错开，找到属于自己的一片地方。

我和妹妹站在歪斜的木台门边，借着最后一抹余光，我看到她头上的小辫子快散开了，头发黄黄的，一个真正的黄毛丫头。第一个背着藤条的人出现了，第二个背着藤条的人出现了，这两个人哼哧哼哧从我们身旁穿过，脚步啪嗒啪嗒敲打青石路。暮色笼罩着小村庄，最后的夕光把他们的身影剪出来，身体镶上一圈金边，我跟妹妹忍不住站到青石路上，踮起脚尖看。有时候，第五个就是父亲，第六个就是母亲，有时候是第七和第八个，便觉得很幸运，他们竟然这么快出现了。也有很多时候，他们迟迟没出现，等到大队人马过去，等到零零散散的人也过去，等到霞光收尽，渐渐辨认不出那偶然冒出来的人是谁，密集的脚步声减弱为零碎的脚步声，零碎的脚步声又渐渐沉落，被屋旁突然清晰起来的溪流声替代，我们还是没等来父亲母亲，肚子重新叽里咕噜发出抗议来。

暮色沉沉，风已转凉，一阵猫头鹰的叫声从远处树洞里传出，我觉到了一股忧伤，它那么辽阔深远，从大地深处席卷过来。那时，还没有足够词汇命名这种忧伤，可它分明侵入了小小的我，浸透了我的心，有如寒气浸透身体，不知道要烤多少火才能将其逼出来。

有个傍晚，薄暮刚升起，夕阳卡在山一角，母亲竟早早回来了。她卸下肩上一大捆藤条，连歪斜的粗布衣服都来不及拉直，即刻走向楼梯，我和妹妹踩着她的脚后跟，木楼梯吱嘎吱嘎叫起来。我们知道母亲是去看望小鸡，早一个月前，家里刚买了几只小鸡，母亲是想把它们养大下蛋的。

昏暗已全然占据二楼，仅一点光线自木窗透入。我们走上去，昏暗往后退开几尺。母亲疾步冲向谷柜，谷柜床一般高，内里装谷子，客人来了铺上毡子，又用来当床。小鸡就养在柜上的竹篮里，篮子上覆了竹筛，筛子上压了两块足有几斤重的大石头。为什么要这样养鸡呢？那段时间黄鼠狼横行，家家户户都有鸡遭遇不测。大公鸡都斗不过黄鼠狼，何况小鸡呢？母亲养下的七只小鸡，已被黄鼠狼吃掉过两只。

母亲扑向谷柜时，我看到石块掉落一旁，又看到掀翻的竹筛，接着便是五只倒成一堆的鸡，有的脖子被咬断了，有的屁股被掏空了，暗红色的血溅在竹篮上……母亲用手探了探其中两只被咬掉脖子的鸡，像寒冷的人急切地在一堆余烬里摸索着火星，她似乎发现了一丁点生还的迹象，让我赶快下楼取脸盆。

母亲将那两只鸡罩在脸盆下，快速敲打起来，那是我们一家人用来洗脸的经年的搪瓷脸盆，周身的漆掉了一块又一块。母亲像敲打一面锈迹斑斑的铁皮鼓，咚咚咚，咚咚咚，咚咚咚……这是山里人们的常见做法，是要唤回鸡正离开身体走向天堂的魂灵，谁也无法证实这种方法的效用。母亲敲击了好久，直到额上渗出一颗颗汗珠来，直到天空收起了全部残晖，更重的暮色从窗口漫进来，漫过我们的身体和视线，母亲才收了脸盆，疲惫地垂下双手，转过身去，手背快速揩了两下眼角。我和妹妹立在她身旁不知所措。山里孩子，情感上羞涩含蓄，既不会拥抱母亲，也不会用言语宽慰她。

母亲闪动在黄昏的泪光却注定让我铭记，尽管我还不明就里，也并不觉得生活多么苦涩。可一个孩子内心的哀伤就是在这暮色四起的黄昏，于母亲泪光里觉醒的。醒来后，它就成为我身体里一根时常隐然作痛的肋骨。

二

死鸡被母亲拎下楼，那些早上还高昂着头的鸡，此刻脑袋耷拉着，钟摆般晃动。我和妹妹相跟着一步一步从楼上挪下来，走到楼下昏暗的灯光里，才发觉妹妹怀里还有一只死鸡。母亲走过去想夺下那只鸡，妹妹侧了个身，小声又坚定地说："小白龙活过来了，它会动，小白龙不会死的！"小白龙是她给鸡取的名字，几乎每个进入我家的动物都有名字，爷爷家耕地的黄牛叫阿发，它的脸跟住在前坑的阿发叔长得特别相似；奶奶养的兔子叫顺风耳，它对声音敏感得很，人还没走近，耳朵就竖起来了……被咬的七只鸡都有自己的名字。暮光中，我也似乎看见妹妹怀里的鸡抖动了一下爪子，歪向一边的脖子似乎还能直立起来。就在那当儿，院子里传来了响亮的木柴落地声，父亲回来了。父亲快速取来几片药，置于一个大瓷碗里，再用一只小碗的碗底将药丸碾成粉末，白色粉末撒在小鸡脖子上，一痕血迹很快被掩盖。上完药后，妹妹小心翼翼地将鸡捧到一个闲置的针线箩里，那里有一堆散落的破布和毛线头；又在鸡面前放了一小碗清水。

是不是非凡的名字护佑了它？小鸡还真应了妹妹那句话，活了过来。第二天一早，叽叽叽叽的叫声，尖细又清亮，透过晨光，钻进卧室，一下子将妹妹从床上唤了起来。她连拖鞋都来不及穿，就踮着脚尖跑到米缸里抓了一把白米撒在小鸡面前，以往白米绝不被允许喂鸡，那个早晨父母似乎什么都没看见。

此后，我们天天带着小白鸡，走到哪儿带到哪儿，我们决定不再让鸡独自历险了。生活里埋下了一个强大的假想敌：黄鼠狼。尽管直到后来离开山村，我们都未亲眼见过黄鼠狼，但黄鼠狼在想象里格外厉害，能飞檐走壁，上房揭瓦，有尖利牙齿，能咬动一块瓦片，就像我们咬锅巴似的，唰啦唰啦响。

妹妹问我:"哥哥,黄鼠狼是很厉害的动物吗?它厉害还是隔壁云林家的阿黄厉害?"阿黄是条土狗,我说:"肯定黄鼠狼厉害,阿黄可不吃鸡。"妹妹又问我:"黄鼠狼厉害还是爷爷家的阿发厉害?"我说:"肯定阿发厉害,阿发力气可大了,发起脾气来,爷爷和叔叔两个都拉它不住。""黄鼠狼是不是牙齿很尖?能咬断木头吗?"我说:"当然,要不然怎么能一口把鸡脖子撕开?"妹妹听了这句话,小小的身体激灵了一下,一脸紧张地盯着我,问道:"那黄鼠狼牙齿……能咬断铁棒吗?"我说:"肯定咬不断,黄鼠狼牙齿上没有锯齿的,只有锯齿才能弄断铁棒。"妹妹倒吸一口凉气,不再问了,仿佛觉得还好还好,还有铁棒能对付它。我从柴垛里抽出一根手臂般粗的木棍,抡起来往木柱子上狠狠打下去,木柱发出一声沉闷的响——"黄鼠狼胆敢再出现,一棍子结果它!"

是不是因为有木棍,黄鼠狼就没在我们面前现身?那些日子里小白龙一点也不危险,脖子上的伤很快愈合,长出了新的毛羽,鸡冠重又变得红润,神气地竖在头上。

妹妹打小就对小动物具备魔力。无论小鸡小鸭,到她手里,一概能侍弄得形影不离。她三岁起,就负责给家里小动物喂食,只要站在米缸边用手指敲响米缸,鸡鸭就会成群跟来。现在小白鸡是妹妹仅剩的宠物了。她一日三餐照管它的吃喝，自己吃饭，就给它喂米饭；自己喝水，就匀点水给鸡喝；自己吃冰棍，也会蹲下去，把冰棍举到鸡面前让鸡啄两口……她带它去草籽田捉虫，带它去竹山上找蚂蚱，抱着它看其他小姑娘跳皮筋。小公鸡和我们一起从早晨晃到中午，从中午晃到傍晚，和我们一起在暮色里迎接父母回家。那个年代，贫瘠的乡下啊，我们没有一个洋娃娃，没有一件小玩具，只有这只鸡天天陪伴妹妹，如果父母不反对，她必然要将鸡请到床上同枕共眠的。

过了四五个月，小白龙长大不少，已出落成一只成年公鸡。一天父亲担柴闪了腰，母亲想着给父亲补补，去外公家拿回来五六个鸡蛋，炖了酒给父亲吃。伤似乎不减，用了几服药，只是稍有好转，一翻身一起坐还是会痛。母亲也想到将家里的鸡杀了，炖个鸡汤，可话一出口，即刻遭到妹妹强烈反对。母亲只是试探式地询问一句，妹妹便抱起小白鸡逃出了家门，她将鸡放到祖父家溪畔的稻田边，一边把鸡往田里赶，一边大声告诫："小白龙，再不要回来了，他们要杀了你呢。"这件事弄得全家哭笑不得，父亲和母亲只好向妹妹郑重许诺，保证不杀小白龙，妹妹才站在田边用咯咯咯的叫声将鸡召唤出来。

悉心照料中，小公鸡变得越来越俊逸，身上羽毛通体洁白，有如锦缎，连雨水都无法打湿。它走动的样子真是骄傲，抬头挺胸，旁若无人。它陪伴我们度过了好多个晨昏，成为久远回忆里一点清晰的白。

三

也许为了对抗这份艰难，也许做桔筐耗费的精力实在太大——我现在才得知，一个成年人要花费七八个小时才能做好一个桔筐；也许为了找到生活的另一条路，父亲常常离开自己的山村。父亲是村里唯一一名赤脚医生。那时我并不知道世界的样子，生活的地方只看到山，山的外面还是山，无穷无尽，我以为世界就是这样连绵起伏无穷无尽的。我们这个小村庄有一名医生，很多山村里没有医生，父亲就常常被别村的人请去看病。

时不时地会有人一路风尘仆仆走到我们村，走过石桥，走过溪畔，穿过矮墙门，走进我家。没过多久，父亲就背起药箱出门了。那是一个牛皮药箱，不知道是他早先在卫校培训时发的，还是村里发的，或者上一任医生传下来的，反正有些年月了。父亲根据来人的描绘，在药箱里搁入些药物，带上针筒、镊子等器械。走的时候总是很匆忙，他知道治病如救火，病人都眼巴巴等医生来。父亲有时候早上出门给人看病，傍晚就能回来，有时候得过好几天才能回来。最久的那次，一去十天，我想象不出看病怎么需要那么长时间。回来时，带回一堆吃的，还有一个玩具——木头鸭子，那大概是我童年时代得到过的最体面的玩具，后来为了看看鸭子身体里藏着什么，我把它一劈为二。

母亲告诉我们："爸爸去了很远的地方看病，那地方叫黄杉道脊。"于是便对黄杉道脊很向往。母亲还说："那里很远，光山路就得走五六十里。"我不知道五六十里是多远，但眼里浮现出父亲背着药箱在山间慢慢走的样子。山太大了，路小得像晃荡的牛绳，父亲穿着粗布衣服，脚踩一双旧解放鞋，有时跟在来请他的人后面，有时独自一人。他走过一个巨大的山岗，看到对面的青山横亘在苍茫的云岚中，他走下一道很深的山坳，路上阳光明灭。山太大了，父亲小得像一只沉默的蚂蚁，他走上大半天，都不会遇见另一只蚂蚁。今天，我坐在城市高大的办公楼里回想，一定有一些信念支撑着父亲，他才会不辞远路地上门看病。

那段时间，父亲又去了那个我想象中遥不可及的村庄。好多天后他才返回，告诉我们，有位老太太快不行了，才耽误了回家。父亲说："八十的人了，老得快要走了。"父亲说话时脸上爬满了倦容，我们并不在意老太太走不走，也没在意父亲脸上疲惫的神情，我们只在意父亲带回来的红薯干和雉鸡翎。雉鸡翎就是野鸡尾部的长羽毛，也是戏台上穆桂英头上戴的翎子。我看到这野鸡翎羽，想起穆桂英来。孩提时代，穆桂英可是我最崇拜的女人，我喜欢她在戏台上英姿飒爽的样子。

我们没有想见父亲这趟远行惹来了一个大麻烦。起先，只捕捉到大人们嘴里各种不安的谈论，他们言辞闪烁，仿佛在说一个可怕的灾难即将到来。后来听多了，我小小的心里也拼凑出了事件完整的样子：父亲给那个老太太用错了药，这是回来后才想起的。他离开时，开给老太太的药该是一天服两粒，可却告诉老人家属一餐服两粒，这意味着老太太一天多吃了四粒药。想起这件事，父亲即刻让人捎口信过去，要老人停止服药。医嘱过了整整十天才辗转带到那个有木头鸭子，有雉鸡翎和红薯干的村庄，可那老人如父亲说的，已经走了，并且走了三天了。那户人家正沉浸在例行的伤悲里，刚刚办完丧事。就在这当口，医生竟让人捎话来，说药吃错了。那一家人顷刻间化悲伤为愤怒，说是父亲的药害死了老人，否则她不至于这么快咽气的。

　　父亲并没有第一时间遭逢他们的怒气。是捎医嘱去的人，辗转七八天后，带回来消息，说病人家属得知药用错后十分惊愕和愤怒，估计要来索人命的。我已经记不起父亲在那段时间里经历了怎样的惶恐，他说自己的药没有毒，不至于使人送命，可这些似乎都无法辩解。只记得祖父怒气冲冲地骂父亲，说他这么大人了，处事像个三岁小孩，这回可是要把自己往死里坑了。

　　比灾难更可怕的，永远是灾难到来前的气氛，是那种虚妄的带着无边恐惧的假想。有邻居让父亲赶紧出去躲躲。也有人说不必怕，一番好意救命去的，又不是你害死了她，八十岁的人本就快死了……众口不一的声音，无法预知的后果，一定让父亲陷入过一种不可言说的惊恐。

　　我和妹妹不能到村里随处瞎逛了，母亲让我们最好待在家附近，或者去祖父家，看到陌生人进村赶紧回来报告。每天，当第一缕晨曦透进木窗棂，不安就在身体里醒来，我们看着太阳慢慢移动脚步，看着树的阴影在风里摇曳，一直到暮色四合黑夜降临，才把提吊着的心放回胸膛里。山路难行，那些人不至于摸黑找上门来。

　　那些日子，一家人谁都没有说什么，祖父偶尔会于晚饭后踱步过来，看看我和妹妹，或者把我抱到膝上坐着，一言不发，用大手握着我的小手，直到把我的手握得热烘烘的，再起身离开，离开时照例无话。一家人都在等，等一个索命的消息变为事实。

那天，我和妹妹去奶奶家，并未在村口石桥上看见陌生人进来。可待回到自家老屋，家里已挤进了一群人，窄小的厨房根本容不了，有人就站在屋檐下。我心里为没有尽到站岗放哨的义务愧疚不已，想挤进去看看情况，但人墙严实，即便一根针都难找到地方插进去。我们只看到很多腿，长腿、短腿，瘦的腿、肥的腿……耳边充斥着嗡嗡嗡闹哄哄的说话声。母亲慌里慌张跑出来，俯在我耳边说了句话，让我赶紧把爷爷和叔叔们叫来。

等我飞跑着从祖父家返回，依然挤不进自家的门。我和妹妹待在门口看着这群闹嚷嚷的人，他们在面红耳赤地争论，把我们的父亲团团围住，父亲本来个头就不高，这下成了激浪中一个下陷的漩涡，我们找不见他了。我和妹妹看了好久的人，又去看墙角的蚂蚁，看蚂蚁搬动一只死去的只剩一边翅膀的瘦苍蝇，蚂蚁们三三两两汇聚起来，越聚越多，比我们家聚集的人还要多，它们哼哧哼哧使着劲儿。等蚂蚁把那只一动不动的苍蝇运到了墙的转角，我们又重新回去看家里的情况，人们还在喋喋不休，父亲还在激流般的漩涡中心。可我的肚子分明咕噜咕噜叫起来，我知道妹妹的肚子也已经咕噜咕噜叫起来了。

太阳走到了正头顶，邻居家烙麦饼的香气弥散在小院子里，墙角蚂蚁也不见了。我们看到这群人从家里涌出来，祖父和几个叔叔在前面引路，嘴里说着："去吃点饭，大家去吃饭。"语气是热切的。他们到祖父家吃饭去了。一张大桌子旁那么多座位都让别人坐了，坐不下的人就站着，肚子叫唤了好久的我们仍然不能上桌。我和妹妹一直坐在楼梯上等着，妹妹怀里抱着小白龙，它已完全是一只成年公鸡了。它也饿了吧？但它似乎了解主人一家的不安生，不吵不闹。等到他们全部吃好，等到其中两个人还打了饱嗝，等到他们都三三两两退到堂前屋檐下，直挺挺杵着，手指上夹着叔叔们敬上的烟，自家人才被允许上桌吃饭。满桌的菜几乎都成了空盆子，现炒的腌猪肉一片没剩下，只有小半碗菜汤孤零零遗落在一堆骨头和菜渣中。我拿调羹去舀，调羹和粗瓷碗一碰撞，发出嘶啦一声响，我扒了一口带锅巴的饭到嘴里，可再也咽不下这口饭了，喉咙里涌动出一股酸楚，眼泪已汪在眼眶里，我想起父亲来。

午饭后，这群人又去了我家老屋，又把父亲围了个水泄不通。我们照例进不了自家门。妹妹早上抱出门的鸡也放在了爷爷家，母亲说家里那么多人来，鸡不能再抱着让他们看到，妹妹很认同这个说法，就把鸡藏到奶奶家那个闲置的鸡笼里。

那个下午漫长得似乎没有边际，中间过程我都给忘了，只记得我和妹妹在院子里的矮墙根一带转来转去，把一株株草连根拔起，又跑到石拱桥上，仰头看了一会儿红豆杉，看看它有没有结出红的果子来。随后折回家，忧心忡忡地在门口望了望，闹哄哄的人都还在。我们顺着老屋前堆着的劈柴堆往上爬，坐到了柴垛上。这回，我们看到了家里各色各样的人头，屋子里香烟缭绕。我和妹妹就坐在柴垛上，手指把劈柴上的松脂一点一点抠出来，揉成一个小团，又把那个小团掰碎，重新揉。

太阳似乎并不管人间喜乐，一点一点挪移着，慢慢挨下山去。我不知道这一屋子的人什么时候会散去，他们是要过夜吗？住哪儿？这样一来我们又如何过夜呢？都是些无法想透彻的问题，干脆不去想了。妹妹坐在我身旁，她是一个小跟屁虫，头发稀稀疏疏的，两根小辫子已散了一根，周围的头发芜杂地从发束中逃出来。一种青灰色的暮霭从妹妹的背后，从远处的山腰升起，荡漾开去。我不知道暮霭自哪儿来，好比每次看越剧，都不明白后台的布景如何变幻而出一般。夕阳的光越来越薄，中午还热气腾腾的大地、青山、村庄，此刻冷下来，似散席后倾空的杯盏横陈在空的桌上。竹青色的天空里，有鸟的身影划过，鸟儿正在归巢。天才泛起一些暗，还能看清楚周围，小院里，邻居家的灯已点亮。我们坐在劈柴堆上，一种松脂的气息围绕周身，暮色铺天盖地，水晕一般拢过来，一股莫可名状的忧伤从心窝里爬出来。我不知道为何忧伤，它有别于父亲的麻烦事带来的不安。在一个孩子眼里，生活的难题还没有具体化，他的心还有能力越过现实之重，希望如未来的日子那么多。可这暮色围绕我，侵袭我，渗透到我的骨骼里。这是故乡的暮色，是无边无际的命运的况味，是天空山川大地低沉如诉的交响，我听过一遍，灵魂殿堂里就会回响一生。

我看到满脸堆笑的祖父和二叔挤进人群大声说着话，祖父说："辛苦大家，累了一天，赶紧吃饭去，吃了饭继续说。"语气还是不卑不亢的热切。

我和妹妹跟随杂沓的脚步往祖父家走，看到张牙舞爪的人们快速占领大桌子，碗筷即刻揪心地响起来。我们很识趣地退到一边，登上楼梯半当中的黑暗处，那是观察大人世界的绝佳位置，我们看着他们吃。在楼梯上坐了没多会儿，妹妹想起她的公鸡来，说："哥，去看看小白龙吧。"我并不想去，但又不好拒绝，天越来越暗了，她独个儿是不敢去的。奶奶的鸡笼搁置在侧屋草料间角落里，那里晌午时分也暗沉沉的，此刻就黑咕隆咚了。我们摸进去，屋子里的干柴和麦秆黑压压挤着，侧身穿过柴堆，隐约间摸到鸡笼。妹妹跟在我身后，嘴里唤着她的鸡。可是，鸡笼空空，根本没有小白龙的身影，一根鸡毛也没有。黑暗中，我依然见到妹妹眼睛里的惊恐在跳动："哥哥，小白龙……黄鼠狼，黄鼠狼……"我不知该如何回答，黄鼠狼真的就躲在我们身旁吗？我忍不住转过身去，警觉地朝四周看了看，除了暗，什么都看不到，只有妹妹的惊叫声冲口而出。她哭着冲出草料间，跑到母亲面前："妈，小白龙，小白龙……又被黄鼠狼……不见了……"她已泣不成声，小小的身子抖动着，像风里一茎草。

母亲抱起妹妹，把脸贴在妹妹脸上，嘴角强烈抽动着，她的泪也下来了。母亲什么都没说，只有妹妹哭声响亮。听到哭声的二叔走过来，摸摸妹妹的头："小白鸡一定会找回来的。"妹妹用力摇了摇头，歪着嘴，又一次哇地哭了。母亲只好抱着妹妹离开了祖父家，我看到母亲的背影一点点变矮变小，渐渐融进暮色里，像一艘小木船融进了苍茫的大河。

我重新坐回到楼梯的阴影里，居高临下看着那张堆叠着菜的大方桌，看着闹哄哄的人群，心里想着，等他们一吃完，就去叫母亲和妹妹吃饭。祖父和二叔在卖力地劝酒，没过多久又一碗菜上来，祖父很客气地说："新杀了一只鸡，鸡肉好吃，每个人都尝尝，都尝尝。"祖父把鸡肉一块一块夹到陌生人碗中，等到分完一轮，大瓷碗里就剩下一个鸡头两个鸡爪了。

"新杀了一只鸡……新杀了一只鸡？"这句话突然锤子般敲打在我心上，一股悲伤像突发的山洪搅动着胸腔……我快速站起身，从楼梯上跑开了，跑到祖父家屋旁空地上，空地旁边有一条溪，溪对面是黑黝黝的前门山。夜已黑透，我对着前门山，对着那条溪站定，泪止不住涌了出来。

这群侵入我们村庄的闹嚷嚷的陌生人于第二天午后一哄而散，父亲一人在后门屋檐下面向着小溪站了许久，潺潺的溪水声清晰响亮，一如往常流逝着。

我们家为此赔偿了32块钱，这可是一笔大钱，大得令人咋舌。就在父亲去给老太太看病的前些日子，母亲跟他抱怨过一件事："翻遍抽屉，还凑不够两角钱买牙膏。"我不知道这个数字意味着什么，只知道父亲和母亲使出了浑身解数，到处筹钱，大半个月后，才将钱借够。

灾难总算平息，似乎并没有造成什么实质影响，只是往后很多年，我一直清晰地记得和妹妹坐在门前柴垛上的情形，记得小村庄里青蓝的暮色拢向大地，拢向那棵高大的南方红豆杉，拢向黑的屋檐，我的心一点一点泛出酸楚来。

四

或许独自一次次翻山越岭行医的寂寥让人害怕，或许起早贪黑挣扎着的生活让人厌倦，或许那场意外的事故让人沮丧……总之父亲一直没有安于小村庄的生活。几年后父亲离开深山里的村庄，到一个滨海城市的乡下做乡村医生，我们也跟随父亲从大山深处来到大海之滨。

大海之滨的乡下并不能见到海，而是大片大片田野。父亲说："这里的田太好了，再不是山坳里那点屁股大的地方。那么平坦那么肥沃，插根锄头柄进去都能发芽！"父亲说这话的时候，眼睛里荡漾着憧憬。我小时候并不知道，父亲为什么那么在意视野开阔，现在才渐渐明白，在大山里抬起头来就是山，就是壁立的树，而一马平川的地方，确实有大不同。就说光好了，山里的光是从上至下倾泻的，透过山与山的肩膀落到小村庄里，太阳在头顶的时辰很短暂；平原的乡村，一天到晚通透，光能够没遮挡地自由穿梭。

但生活并非那么容易，它不会说好就好，就像天气不会说晴朗就马上晴朗。父亲刚到新地方，既没钱，又不会说当地话，首先得扎下根来。后来母亲告诉我，那个小小医务室，第一笔购药的400元启动资金是从我舅舅和父亲同村好友那儿借得的，等这些药用完，父亲才有了周转的资金。第二年，我就跟随父亲到外面念书了。母亲则带着妹妹仍在老家照顾散落于大山里的庄稼，还有几亩树林、毛竹林。你别小看这些庄稼地和林地，那是真正为我们所拥有的，就像我们的亲人一般。父亲既要努力在这个新地方拼出一番样子，又要照顾读二年级的小小的儿子，他显然使出了全身的劲儿。

父亲成了有求必应的医生，24小时随时待命。上午他在小诊所坐诊，下班时分，眼看小诊所再无患者来，就到了出诊时间。最初半年，父亲还不会骑自行车，就步行去，还是背着先前那个棕色发旧的牛皮药箱，在傍晚的夕阳里奔赴一户又一户人家。后来父亲买了一辆26寸的凤凰牌自行车，改为骑车去给人看病。父亲时常会带上我，我以为他担心我一个人留在小诊所里害怕，那时我们就住在小诊所的一个小隔间，以小诊所为家。后来我觉得父亲带上我还有另一层未说破的意思，他是想走夜路有个伴儿。

我跟在父亲身旁，时常要走过村外一个枸橘林，那并不是件愉快的事。枸橘林横亘于大片田野中间，一面临河，另一面有一条一米多宽的小道，是我们去东边那些村庄的必经之路。林子里有三座孤零零的坟茔，透过茂密的老虎刺依稀可辨。那会儿我只敢在早晨和正午一个人打枸橘林旁过。傍晚，枸橘林里暮色似乎格外重一些，林子里飘出的薄暮混合着田野里的雾气，让人心慌。我和父亲一次又一次从那里经过，去的时候薄暮冥冥，回来已是夜晚。我趴在父亲背上，心里祈祷着经过枸橘林时不要听到乌鸦叫——那会儿还是有乌鸦的。我也不用眼睛去看这一片黑漆漆的野林子，将头扭到另一边，看平铺在夜色里的稻田，也看头顶的月亮，赶上月亮明晃晃的夜晚，便觉得心头踏实许多。

父亲在新地方努力了两年，渐渐有了些积蓄，也能应对生活了，就将母亲和妹妹接了来。母亲和妹妹到来不久，便在小屋外以废砖块垒起鸡笼，即刻养了两只小鸡，其中一只长得特别俊逸，通体洁白，鸡冠鲜艳，走起路来趾高气扬，妹妹给取了个名字，叫它"白马"。父亲微笑着告诉妹妹，这里没有黄鼠狼，你的"白马"再不会让黄鼠狼吃掉了。妹妹听了这句话，眼睛里闪出明亮的喜悦，那会儿她怀里正抱着白色小公鸡，小公鸡若有所思地转了一下头，我们不怀疑它也听懂了父亲的话。

五

待我度过少年时光，这片海滨的乡村才被城市彻底吞没。我很庆幸，还有一个乡村和一片宽阔的田野留给自己的少年时代，来自大地和自然的教化曾让一个少年久久动情。很多个放学后的傍晚，我都喜欢到田野里漫无目的地走上一阵子。尤其秋后的田野，稻子已收割，短短的稻茬齐整地留在田里，夕晖给稻田镀上了一层柔和的酒红色，轻雾从大地的角落跑出来。远处的村庄静默，零零星星的绿树静默，田边的沟渠静默，衰黄的草起伏着，秋风一下一下梳着草的头。我喜欢这样的时刻，喜欢将暮未暮的时分。一如既往地，我的心被一种莫可名状的忧伤捉住了，却出奇平静，若黄昏里静止的湖水。我是喜欢这种忧伤的，它抚慰着不安的心，让宁静回到身体内部。我也是喜欢这四起的薄暮的，到了异乡，我发觉它联结着遥远的旧日愁绪，愁绪经了时间消融，此时已成为感伤而动人的回忆。

许多年后，我才知道黄昏里的游荡是一个少年生命里不可或缺的仪式。那四起的暮色有如晚祷的钟声，浸润着心灵，是我返回故乡的隐秘指引。一个黄昏接着一个黄昏，一场暮色连着一场暮色，像舞台上变幻的背景，它在不同地点出现，都会牵动人的思绪，有些时候它意味着人的命运的转换。

有多少心灵被这暮色浸润过？许多年后，我怀想父辈，当他们走向大山深处的村庄，疲惫地回到家徒四壁的小屋，心里是不是涌起过如许深沉的无奈？当他们走出大山，迎向平原上开阔的大地和河流，心里是不是充盈着新生的希冀？

这遍地夕阳下浮动的暮色，因何而起，因何而散？这似有还无、欲说还休的暮色，不就是我想解又解不开的命运之结吗？

黑暗里的爱与光

因了书的到来，即便更困难的日子，似乎也有办法对付了。有书可读的人，心很轻很轻，像云朵和蒲公英种子那般轻，能够越过沉重的现实。

一

少年时代全部的黑暗都来自一场死亡。

1992年夏天，年仅三十九岁的父亲在一场车祸中溘然长逝。那一年我十二岁，妹妹九岁。二十多年里，对于父亲的死我们只字未提，我既无勇气反观那段漆黑的岁月，又不愿承认命运拟定的这项不平等条约。很长一个时期，我都感觉自己的心被死神猝不及防的恶作剧捅了一个大窟窿，生活的暖意哗哗地自那个窟窿里流走了。直到今天，当我成为另一个人的父亲，当我对命运的安排逐渐释然，才敢用文字触碰1992年的夏天。

黑夜降临，一盏长明的灯永远熄灭了，悲伤像暮色一般铺天盖地。父亲这个角色于所有人都意义不凡，于我们似乎更为重要，他几乎是全家唯一的依靠。我们的衣食来源，我们童年时代那点出自家庭的优越感，我们获得的尊重和礼遇，大多源于父亲。早在四年前，父亲将我们带离大山深处的村庄，在这个陌生城市的乡下开了家小诊所。我们像迁徙的植物刚刚停下来，正腾挪开手脚，准备在新地方扎下根来。父亲剑走偏锋如有神助，自学中习得各种疗法，解决各样疑难杂症，几乎成为一个传奇。就在他事业蒸蒸日上的时刻，死神粗暴地将他带离了人世。

这场灾难吹打着生活这艘平静的小船驶入了风雨飘摇的命运之海。母亲不识字，也没工作，但她得独自扛起一切。她顶着身体和内心的创痛，一边恸哭一边继续"生火做饭"，让一丁点暖意如余烬里的火星延续下去。母亲也是那场车祸的受害者之一，一辆大货车在黎明微弱的光线里像一枚昏昏沉沉中出膛的重磅炸弹，拦腰击中了父亲和母亲他们五个人乘坐的小三轮。母亲在车祸中磕掉三颗牙齿，面部肌肉受到重创。但她很快自行离开医院，料理了父亲后事，没几天就到村里一个草席厂打工，在漫天尘土里挣下一点生活费，以帮助三人挨过漫长的时日。

我们一家三口流落异地，没有属于自己的房子，没有亲戚。亲戚们都在另一个城市，祖父母、外祖父、叔叔、舅舅……都相隔遥远。他们顶多会在过年前后探望我们一下，随后急匆匆回到自己的生活里去。他们前脚一走，后脚我和妹妹短促的笑声便戛然而止。我知道今天我用到"笑声"这个词语或许不准确，1992年夏天是一条沉重的分割线，往后的一个漫长时期，我们家鲜有笑声；即便是笑，我们也笑得非常节制，大多是在脸上现出一点点笑的迹象，一个笑还来不及完全绽放出神采和声响，我们心里大概都会升腾起"父亲不在了"的念头，草草地将笑收了。

我们的心绷得紧紧的，悲伤丝丝入扣地侵入生活，仿佛脑子里起一个快乐的念头都是可耻的。

母亲会随时随地落泪，当别人提及父亲名字，说徐医生太可惜了，他在的话，我孩子的病就不会这么折腾了，母亲会禁不住直抹眼泪；当草席厂管仓库的男人指责她一次领了三捆蔺草，而别人一次只领一捆，一心想多干点活的母亲也会禁不住落泪；每年小年夜，母亲都会郑重地备下一桌斋饭，以告慰另一个世界的父亲，她蹲在门边烧纸钱，口中喃喃唤起父亲名字，一转身又泣不成声了……我开始产生出一种长久的错觉，以为生活大概就是这个样子的，它呈现出暗灰的调子，它的内里阴冷潮湿，包裹着哭泣、泪水、无穷无尽的悲伤。

母亲在家中哭泣的时候，我和妹妹手足无措站在一旁，她的哭声像寒风撕扯着我们的心。而母亲在外头哭泣，带给我的就不仅是痛苦滋味了，那种痛苦里还有很多难堪的成分。很多年后，我们被生活反复告知，所谓自尊意味着在很大程度上要藏起伤疤，拭去泪痕，把体面显露给不相干的人。或许母亲并不懂得这个理，或许失去父亲于她比我们伤痛更甚，她的哭泣难以自持。

那几年，最害怕过两个节，春节和清明节。除夕夜，母亲的眼泪比别人家的笑声还要多。我们在她的泪光中吃着简单的年夜饭，屋外鞭炮声噼里啪啦响着，烟花在夜空里盛开。可这一切热闹于我们看来显得特别冷寂和空洞，仿佛它总在提醒我们，生活里有着一个多么巨大的缺失。有那么些除夕夜，我和妹妹也是想放一次烟花的，但母亲不允许我们花钱买无用的东西，有一回就因为买了几根烟花，我与母亲大吵一架。记得工作后的那年除夕，我买回来一大堆鞭炮烟花，和妹妹两人在寒冷的夜空下将它们一个一个点燃，仿佛跟过去那段漫长时间的寂寥赌气似的。清明节，就更别提有多萧瑟和伤悲了，我们去到父亲墓前，母亲年年都要扶碑大哭，哭声在墓地上空盘旋，传到很远的地方，引得其他扫墓人纷纷侧目。众目睽睽中，浓重的羞耻感弥漫开来，无边无际地笼罩着我。

二

　　一排上了年岁的小平屋，横在田野边马路旁。有几间堆放着村委会的杂物，一间做了村里小诊所，一间住着人——那是我们一家三口，我们像飞来这儿的三只燕子一样寄居着。父亲去世后，村委会允许我们依然暂住在原先小诊所旁闲置的空屋里。

小平屋不足20平方米，小到只有一扇门、一扇窗，小到仿佛只能容下三个人的身体，再装不下更多蓬松些的期待。里面有一张漆成蓝色的铁架床、一张木板床、一个矮脚柜，这些从城郊拆迁的老屋里淘汰下来的旧家什，被母亲一遍遍洗去内里的污垢后，成了我们的家具。一眼煤气灶搁于两堆灰青的砖上，权当厨房。还有一台21寸的黑白电视机，一张来自旧货市场的圆木桌，桌面多处开裂，像洪水冲刷出的坑坑洼洼的地面。外加四张方凳，一个小板凳，两只老家带来的大木箱，一个塑料衣橱，构成家当。这些被别人用旧的物品进入我们的生活，支撑起一家子的日常来，仿佛我们的家本就是自别人家淘汰的生活里借来的。

我的少年岁月就在这小平屋里展开，进入初中后，除了上学，余下的时光几乎都消耗在这儿。贫穷、变故、人情炎凉以及强烈的不安全感形成多变的季风，随时会朝小平屋侵袭。我成了一棵背阴处的小树，孤独、寂寥，无声无息地生长。

小学毕业那一年，我握着一张薄薄的毕业生学籍登记表，面对"父亲"这一栏，定定看了好一会儿。后来班主任老师让我帮他整理填写全班同学的学籍卡，我看到老师写在我学籍卡上"父亲"那一栏里的"亡故"两字，就拿橡皮悄悄将这两个字擦去，制造了一种父亲依然在世的假象。我不愿意中学的老师和同学发觉这既定的事实。

与此同时，青春期以一种幽暗烦躁不可捉摸的方式，如漫长雨季般漫过我。我越来越羞于变得粗糙的嗓音，羞于唇边爬起的胡须，羞于让人知道家里景况。但小平屋就立在马路边，我的很多同学去镇上学校，都要骑车经过它。

当门窗敞开，他们即便骑着单车匆匆驶过，房间里的一切也能一目了然。这并不是我的推测，是在某个无人的傍晚，我推出单车，反复模拟从家门口驶过时测试出来的。因此，房门总是半开半闭，唯一一扇朝向马路的窗子，也被一张洗得发白的浅色小碎花窗帘紧紧遮蔽，些许微弱的光从小窗帘里透进来。我担忧的是一拉开房门，迎面撞见班上漂亮的女生打门口过，或者回家时，几个女同学恰好叽叽喳喳跟在身后，看我推着自行车进入这个简陋的家。有时临近家门，感觉背后有相熟的人跟着，我就特意放慢骑行节奏，等他们的单车驶远了，再急急溜进门去。进自己的家，竟然像偷偷摸摸的贼。

那段青春期来临的时期，放学后，除了在田野的暮色里漫无目的地游荡，我最喜欢做的事就是躲起来。屋子里一盏20瓦的灯亮着，我坐在小板凳上，一张稍高的小方凳顺势成了写字的"书桌"。没有被那么多人窥视，心稳稳当当地停在胸腔里。

三

要有光，要有雨露，要有自身体内部滋生出的救赎的力量。要挣脱藩篱，生出羽翼，飞越绵延的冷和暗。

十三岁暑假的某一天，我在小屋不远处一位老教师家床底下捡到一本破旧的书。确切地说，它算不得一本书，封皮脱落，内页缺失，还剩差不多大半本的样子。如果用一个人对应这本书，他只能算个被遗弃的流浪汉，蓬头垢面，衣不蔽体。裸露的书页黑乎乎的，上面蛛丝密布，蒙着一层厚厚的灰。

我把书拿到阳光下拍打，经年的灰尘飞散开来，仿佛惊动了附着其上的往事。好在文字还清晰地停留在纸页上。我已忘记了自第几页开始读，也已忘记了第一个句子是怎样进入我眼帘的。就像一些生命里遇到过的贵人，已忘却初次相见，彼时有着怎样的眉目与神情。但就是这半本破旧的书，触到少年一颗冰封的心。旧纸上的黑色汉字，有炽烈的体温，好比一粒粒小小的炭火，让包裹住心灵的寒冰悄然松动了一下。

我读到一群游击队员在火车上翻飞，他们无所不能。这群神通广大的游击队员向生活昭示了另一种可能，尽管这种可能恍若落到湖面上的稀薄倒影在心里一晃而过。但一个故事进入幽暗卑微的日常，它会泛起看不见的涟漪。几乎悄然无声地，这些纸页间的人，似乎来到了我身旁，他们就站在我们原本只有一家三口的那个孤零零的队列里。我一下子多了一队亲人，我的叔叔伯伯舅舅阿姨个个有着强有力的胳膊，个个天不怕地不怕。我把这半部书揣在怀里——走去可怕的地方时，尤其要将它带上，让它给我鼓鼓劲儿。母亲带我去法院讨要父亲的死亡赔偿金，肇事司机负全责，一点可怜的赔偿金却始终拿不到。在阴暗的办公室里，法院里一个肥头大耳的执行庭长拍着办公桌，大吼着："滚，给我滚出去！"他的声音在走廊里久久回旋。随后他站起来像驱赶肮脏的乞丐一般将母亲朝门外推搡。我抬头瞥见一张居高临下的圆脸，一个巨大的阴影笼住我，我全身都瑟瑟发抖，担心他会一巴掌拍下来。真想扶着母亲拔腿就跑，但随即指尖触到了这半部旧书，我捏紧了拳头，让自己镇定下来，冲着那个法官喊出了一句话："叔叔，这里是人民法院，我们不是坏人，我们是来寻求帮助的，法院是为人民服务的!"我忘记了喊出那句话后那个法官的表情。但那天我和母亲一道乘公交回家的路上,我没有哭,也没有更多恐惧追随而来,怀里有一本书,心里有一群英雄的故事,我不害怕了。

如此看来,这本书还有一番命运的意味。它仿佛上天的精心馈赠。上天于一场惨无人道的巧取豪夺后,或许也动过恻隐之心。只是他从不会告诉你,他伤到了你又给你备下疗伤的药。不管怎么说,不经意间到来的半本旧书,让我恍惚中意识到,世界上还有这样一种特殊的物质存在——教科书以外的书。

写在纸上的字像一群充满灵性的萤火,带着不息的微光,在浓重的暗夜丛林,飘散又聚合。举步维艰的人跟住这片微光,一步一步向前走去,绕过一个山谷,走过一片沼泽,穿过满坡荆棘的丛林,于一个开阔山崖上停住脚步。抬头一望,深邃夜空中满布着星辰。让你不得不相信,只有借助上天的旨意,才能走到这片开阔之地,得以经见最亮的星光。

一些救赎就这样凭借着书与文字到来。这是一场漫长的疗愈,必须横贯一生。

四

但不会有太多书可以读到。好比在夹缝里踮着脚够到一线阳光或在荒漠里掘出一泓清泉，因了稀缺才显出更多可贵来。小学五六年级时，我到过最远的地方大概就是七八公里外的小镇了。那时小镇商店里有一个玻璃柜陈列着几本书，每当走过这个小小玻璃柜，我的脚步就被勾住了。除非要买走，书是不允许被取出来事先预览一番的，柜台后面售货员黑着脸，以鄙夷的神色注视着来往顾客。即便如此，我还是不由自主挨向那个柜台，朝里面稀稀落落的几本书投去渴羡的目光，这模样定然像饥肠辘辘的人打量着面包房里新出炉的面包。

第一次走进城市大书店，站在连排书架间，光线并不明亮，书架与书架构成的阴影落到地上，书在半明半昧中散发出一种静寂而魅惑的气息。我顷刻间被书构成的这种宏大密集无所不在的静谧与庄重捉住，像一个常年生活在热带的人第一次置身雪野，面对漫天雪片纷纷而至那般震撼，那般接不上气来。

去书店，去书店！成为少年内心一场朝圣般的祈盼。只要一有机会进城，双脚就想朝着有书的地方去。可书店遥远，我不知道以何种方式抵达，我还没有办法独个儿踏上从乡村到城市的路。每一回走进书店，都凭借了一些好运气。远方的亲戚来看我们，带我们到城市街头闲逛，走着走着就到了那家上了年纪的城市老书店，照例一头扎进去，迟迟不肯出来。我知道进了书店，并不代表就能尽情买书，书是粮食和寒衣之外的东西。母亲一心想让我们读好书，但她所认可的只是教科书，她认为"读书"的全部指向就是"读学校发的书"。如此看来，去书店也只能算是完成一个内心的仪式。

久远时光里，我依然不断看见一个少年在书架间徘徊。他从架上取下一册书，翻开一页，静静读几行，将书合拢，用手摩挲着封面，将书放在手心里掂量再三，又翻转过来，羞怯地瞥一眼封底上的价格，目光中流露出一股不舍。书重新回到书架，他在那本书面前怔怔站了好一会儿，像告别一位好朋友，难分难舍地告别了书架上这本书。接着，他转向另一个书架，索性取下一本更厚的书，一个典藏本，烫金封面，捧在手里沉甸甸，散出深沉的木香。打开这本书时，听到心怦怦跳，他闭起眼睛，将书放到胸前，就贴在心脏位置，紧紧贴着。随后，他并没有将书翻转，去看封底价格，而是快速地将它重新推进书架上那个空档，头也不回地走出书店的大门。

记忆里只有一次，他奢侈地买过一叠书。那是上中学后，有人给母亲介绍了一个男人。起先，少年心里一直无法接纳另一个人替代父亲的位置，经过很长一段时间的冲突，母亲也为了儿子的情绪拒绝了好几个人。后来这个男人走进了他们的生活，他老实巴交，并不是一个光鲜亮丽的人，但唯其老实和朴素，大概才消除了诸多芥蒂。和母亲认识了一段时间后，男人提出带全家人去城里逛逛。少年自然逛到了书店里，男人说想买什么书尽管去挑，一旁的母亲也没有反对的意思。少年扑向书架，鼓起勇气，从架子上抽出平常绝不敢奢望的书：一套四卷本列夫·托尔斯泰的《战争与和平》，一部厚如墙砖的《泰戈尔小说作品选集》，一本简装的《安娜·卡列尼娜》……都是很厚重的书，八九本，这真是少年时代收获最大的一次购书经历了。

他一次次进入书店，每一次都徘徊在标注着"文学"的那一片庞大区域，那些奇妙的故事与轻逸的诗句，构筑成梦幻的庭院。他沿着一个长长的连廊往里走，每一个转折处都藏着惊喜，他看到古老的立柱，看到精美的窗棂，他在乌黑的瓦檐下聆听千年前的雨声穿过自己的身体，身体里发出雨落在瓦罐上的响声。他继续往前走，于天井里站定，头上绮丽的晚霞铺陈开来，那是夕阳在黄昏里织就的锦缎。

十四岁的九月，我遇到了我的文学启蒙老师。他在语文课堂上讲魏晋时代文人们天马行空的故事，他以飘逸的行书将李白和苏轼的诗句神采飞扬地挥洒于黑板上，他深情地朗读李清照朗读舒婷，朗读朱自清的《匆匆》，朗读余光中的《听听那冷雨》。起初，似乎是一个简单举动，但在时光的岸边回想，简单的举动最不平常：这是上天又一回动了恻隐之心。就在那些语文课上，古老的汉字散发出魅惑的香气。十四岁的我被附着于文字之上历久弥新的美捕获，蹑手蹑脚推开了灵魂宫殿里另一扇沉甸甸的门。此后，书籍便以一种更坚定的不可抗拒的姿态朝我打开，那时书已不再是书了，是开在大地上的一扇又一扇窗。

　　语文老师家里深藏的大书架向我敞开一条缝隙，他做了一个慷慨的决定，将一本又一本书借给我。书们由老师的书房走到了我简陋的家，它们是这个家里最尊贵的客人。

五

　　我确乎被渐渐改变着，我们的家也似乎被渐渐改变着。因了书的到来，我再也不觉得这个20平方米不到的地方只剩寒碜和辛酸了，它还放进了别的内容：许多高贵的灵魂，许多轻盈的诗句，些许透亮的毛茸茸的愿望。小平屋不再是黑白的了，不再只有哭泣和悲伤；它透出久违的色彩来，有了天空的瓦蓝，有了向日葵地的金黄，有了地平线上延展的新绿。即便更困难的日子，我们似乎也有办法对付了。有书可读的人，心很轻很轻，像云朵和蒲公英种子那么轻，能够轻易地越过沉重的现实。

有一年夏天，台风带来暴雨。村里的河水漫出来，道路、田野都被淹没了，我们将家里的床脚垫上三块砖头，可不出半个时辰，水就爬过了三块砖头，一个时辰后，爬过了我们的小腿，爬到膝盖时，大雨才停住。我们蹚着水，坐到床上去，床脚早已没入水中了，原本直立的床脚，看起来似乎是歪斜的，坐在床上，就像坐在小驳船上。但我们没有悲伤，我拿出从老师那儿借来的普希金诗集，翻到《假如生活欺骗了你》那一页，把那首诗读给妹妹听："假如生活欺骗了你／不要忧郁，也不要愤慨／不顺心时暂且克制自己／相信吧，快乐的日子就会到来……"当我念着这样的诗句，仿佛真的看见了快乐的日子，它胖嘟嘟的，像安徒生笔下那只烤鹅一样笨拙地朝我们奔来。

我确乎被渐渐改变着，因了读过的书，我变得自信，似乎很少再想起一个人的魅力会由他的家庭出身决定。我有了新认识：一个人的魅力是由他读过的书决定的。当我将书里的故事讲给女同学们听，我看到她们笑起来的样子那么友好，她们的笑容里一点偏见也没有，我才开始抬起头来冲着女孩子们坦然地笑。当我将一篇动人的文章在语文课上大声朗读出来，我听到老师的赞许那么由衷，心里满溢着骄傲。当我将老师借我的大部头名著装在书包里带回狭小简陋的家，我仿佛带回了一位位沉默而忠实的朋友。它们从不说话，可房间里显然有了些暖融融的迹象。一本老托尔斯泰的书，一本雨果的书，或者一本海明威的书，这些胡子一大把一大把的老头，严肃又可爱，他们的书搁在简陋的开裂的旧餐桌上，暗淡的空间就不一般了，即便在深冬里，也似乎有一盆小小的炉火正在跃动。

我确乎被渐渐改变着，我感到自己的身体里不再是回旋的雨云了。我不知道那些书上的话语为什么有着如此动人的力量，但汉字确实如一颗颗药丸。我将泰戈尔的那句话写在纸上，贴在床头。每天早晨醒来，泰戈尔都会在晨光里于我耳边重复："如果错过太阳时，你流泪了，那么你也要错过群星了。"你不会知道，这句话曾带给我多少默默向前的勇气和力量，我反复咀嚼它，每一次咀嚼几乎都能止住疼痛和悲伤。

文字的光照通透明亮，小平屋变得宽敞了，我的心界也变得宽敞了。我重新审视生活，重新审视母亲，才发现母亲带给我们的哪里只是悲伤的屈辱，她带来了那么多无微不至的护佑，她的爱不就是被那些作家们反反复复书写的带着馨香的爱吗？她的爱比他们书写的爱还要具体还要真切，还要不同凡响！有了这个发现，我才知道，我并不是一个人，不单单是那半部最初遇到的旧书里的人和我站在一起，还有母亲，还有那么多老师，还有那么多充满善念的人，还有另外一些书里走出来的更多的人和我站在一起，我的队列越来越大，越来越大，从小平屋一直可以排到遥远的地方。

书带来这样多无声的改变，我每一天都在踮起脚尖迎接书的到来。

六

可无意间到来的书，无一例外都像匆匆过客，过些时日，又将从我的世界离开，重新回到老师的书房。这依然是一件令人不舍的事，我的不舍既因了书，又因了书里那些精妙的笔法和语句，因了那些句子带来的心灵的悸动。就像舍不得一个远房亲戚离开，例如我的姑姑，每回她来探望我们，离开时我们都会暗自伤心几天，那种不舍细小而具体，我舍不得的是姑姑问询的话语、微笑或者她用手抚摸我的脸时那份柔和的暖意。我的不舍由书指向了书的内在，指向了书里的人，指向了书里流动的暖和光。

　　终于想到一个办法：何不将书中内容摘抄一部分下来？这样就以另一种形式留下了一本书。起先，只在软面抄上摘录作品片段，摘了一本后，又生出新念头：应该选用更好些的本子，再对内容进行细分与归类。这样一来，又迷上了买本子，于每周15元的午餐费里省下3元，一个月下来可以买一个精美的本子。等渐渐有了些本子，我让每个本子负责收纳一项内容。把小说片段装进一个绿色封面的大笔记本，这个笔记本内页是蓝色细条横格子，我以一种审慎的态度将那些大作家写的句子挑拣进去，像秋后田野里拾稻穗的人，本子里就有了稻子的香气。把古典诗词装进一个窄而长的蓝灰色笔记本，那些挂在久远时光枝头的诗句，像古老的种子，被重新采摘，以毕恭毕敬的姿势码放在一张新纸里，这是春风重临的意味。把现代诗装进一个洁白的速写本，普希金、拜伦、雪莱、阿赫玛托娃，还有戴望舒、朱湘、顾城，都从昏暗的灯下走来。他们短暂的抒情和透亮的诗句，如青草间饱满的露珠，让一个少年见识了爱的美与忧伤，也见识了一种在汉语长短句里跃动的幽微的韵律。

一开始的摘记很快演变为抄书。当泰戈尔的《飞鸟集》出现在面前，我激动不已，摘下来一句，又觉得漏下另一句可惜了，就萌生出索性把整本诗集抄下来的想法。好在《飞鸟集》并不长，它短小的诗句很长一段时间盘旋在我心头，像轻盈的飞鸟盘旋于一个孩子窗前，鸟儿们带来了春天的消息。

接着抄录泰戈尔的《渡口》和《吉檀迦利》，之后又抄录了《园丁集》《新月集》《随想集》《再次集》和《最后的星期集》……不知道花费了多少时日，我坐在那个小板凳上，就着由方凳充当的"写字台"，成了最敬业的抄写员，忘记了时间正以怎样的方式流转，忘记了外面的世界正以怎样的方式悄然生发着变迁。我的少年岁月，除了学校生活，除了学习成绩，就剩下这无时无刻不在进行着的搬运文字的工程了。

春天，小平屋外面的田野，大片油菜花开了，金色花潮水一般向着远处的天空涌动。我就在小平屋里那片昏黄的光线下抄书，纸页间的诗句和文章亮过了明媚的三月。夏天，烈日炙烤大地，小平屋闷热难耐，一个小小的转页扇吹动着纸叶，吹动着额头上一滴一滴渗出来的汗水。秋天，夕阳在芦苇洁白的穗子上跳跃，晚稻的香气自门缝里钻进来，我埋首于小方凳，纸上的果实已在秋风里成熟了，我将自己想象为采摘果实的农人。冬天，寒风像悲伤的浪荡子整夜整夜在村口呜咽，小平屋圈起一点暖暖的光，我缩着脖子，以冰凉的手指拣拾一颗颗汉字。这件事贯穿了一个少年全部的日常，贯穿了一年的所有时光。

收纳工作变得越来越庞杂，我的占有欲无限膨胀。像国王对江山的迷恋，像商人对金币的迷恋，我迷恋所有进入视线的文字。它们或许是雄浑的，或许是婉约的，或许像大漠风沙般辽阔，又或许如江南烟雨般迷离……每一种特质的文字都在吸引我，疗愈我。

当一个人被如此博大的世界吸引，他再也觉不到生命的逼仄和寒冷了，蜗牛壳般的小平屋不再是一处令人难堪的避难的洞穴，惊悸难安的岁月的风声被文字以各样形态吸纳。少年的身体住在一个窄小阴湿的地方，而灵魂却住进了一个无比阔大的世界。他在那个世界里久久徘徊，书里的文字是用来读的，书里的文字也是粮食，是麦子是稻米是高粱土豆，同样用来吃。

他贪婪地咀嚼这些汉字，仿佛一个正在长身体的孩子狼吞虎咽地咀嚼五谷杂粮。他咽下来自世界各地的粮食，咽下文学家们以苦心调配的各样滋味，他遍尝人间辛辣和甘苦……这些粮食进入胃，进入血液，进入骨骼。这些看不见的粮食正在逐渐改变孱弱的心灵，它们提供了各种养分，它们提供美和勇气，提供梦想所需要的材质，提供一种抵抗病毒的力量。

少年内心的粗粝、愤慨，对命运的憎恶，对贫穷的无奈……这一切都不再像原先那么大，不再大到能够将整个灵魂裹挟进去。他的灵魂开始获得光照，水汽逐渐蒸腾，摆脱了臃肿和沉重，从冷而黑的现实的难堪里跳脱出来，他获得了慰藉。

七

如果没有书，命运将以怎样一种荒诞不经吞没一个不幸的少年呢？那些幽暗的日子，我的胸膛里装着一颗沉甸甸的灌满了伤痛的心，我找不到出口来排遣这个世界的恶意，又如何走到一条明亮的道上去？我怎样才能拥有一分生命的轻灵？因为书，灵魂的殿堂里就有了爱和光亮，有了宽容与接纳。阳光下，霜雪消融，新草长满了荒芜的大地。那么多博大的心灵借助文字，拥抱了少年时的我，也以吻抚慰了灵魂剧烈的创痛。

我让母亲将一个旧的小床头柜腾出来，在那儿放入自己平日省吃俭用买来的书。书一本一本多起来，三四年中，有了十几本，小小的柜子显得满满当当。抚摸着这些书，我第一次感到心满意足，第一次觉得自己并不贫穷。

　　这是不是命运最深刻的暗示？往后，书一直以一种奇特的方式陪伴我。它们无时无刻不存在于我生活里，参与命运奇妙的波折。在医院难熬的病房里，在风尘仆仆的旅途上，在许多痛彻肺腑的选择里，书都以一种不可言说的方式存在着。

　　我不得不相信，这是上天的旨意：我的创痛需要文字一生的治疗。

母亲与字

新书出版了，有时会送给母亲一本。她捧着我的书，手指摩挲封面，充满歉意地说：『给我没用，看不懂。』

但我知道她心里骄傲，她的儿子成了一辈子写书的人，她的儿子认得这么多这么多的中国字。

一

送母亲到路边公交车站，她要回自己家去。

"等等再下，找地方把车靠一下。"我一边让车速慢下来，一边拿目光朝窗外搜寻。母亲催促着："走吧，我认得，你直接上班去。"

我还是不那么放心，把车停到一个小区出口处，陪母亲来到公交站台。我陪她站在高大的站牌前，像一个老师那样再次指着28路上的"28"，和她确认："这个28，你再认认看，数字总没问题吧？"母亲像初学阿拉伯数字的小学生，点头说："这会不认得啊！"公交车站牌映出了我们母子俩。这是早晨，一辆洒水车自远处开来，喇叭播放着响亮的音乐，白花花的水喷洒出来，四溅开去，灰灰的柏油路面顷刻变成了深黑。我们身旁急速地驶过去一辆又一辆车，不远处小区里不时有人出来，送孩子上学的，拎着购物袋买菜的……一个闹嚷嚷的人间苏醒了。

不时有公交车开来，庞大的身躯发出吱嘎响声自我们身旁晃过去，一旦看到带有2字或8字的公交车，我都会跟母亲唠叨一番："这个638路，看到吗，最后一个8？"

母亲说："8字好认，这个字不容易看错。2字不好认。"

"2为什么不好认？"

母亲说："2和5不好区分。"

我细细一想，公交车驾驶台上方显示出的2，笔画由横和竖组合起来，没有转折，母亲说得没错，若翻个面就无疑是5了。接着我开始教她认2，112路开过来，我让母亲盯着LED屏上红色的2，仔细看："这就是2。"母亲说："知道，不会弄错了。"她冲着我轻松地笑了笑。我还是不放心，继续等着，等到一辆53路摇摇晃晃开过来，我唠唠叨叨向母亲反复指点了5之后，才回到自己车上。离开前又补充了一句话："真乘错了，就打电话。"母亲笑了："不会错的。真乘丢了，这样的老太婆也没人要。"

我的担心持续了一小会儿。等驱车进入单位，停好车，急匆匆去用早餐，打开办公室电脑，处置一应杂事，这样便一整天过去了，竟然忘了要问问母亲，她是否到家了。等到想起早晨母亲独自乘车回家的事，已是灯火初上的晚间。

此刻，我在纸上写下那天早晨的情形，才隐隐意识到，母亲每一回乘公交车的不安。她晕车，又不认识字，在哪儿上车，在哪儿换车，在哪儿下车，这些于我们简单不过的事，到她面前可都是结结实实的障碍。我想到十二岁那年，乘车去中山东路新华书店，车乘一路，惴惴不安琢磨了一路，当时似乎总弄不清该在马路哪边上公交车，若是上错车，就朝反方向去了。我竟没有想到母亲正一回回经历着我儿时那般的无助。

一旦走到外部世界去，母亲就成了一个孩子。而整个外部世界，都是对母亲这样的孩子关闭的。母亲不识字，如她自己说的是一个瞎眼的人。瞎眼的人看不到这世界的大部分精彩，也找不到进入外部世界的钥匙。

她无法独自去大医院看病，烦琐的挂号手续，复杂的指示牌，种类众多的科室……如一个迷宫，置身其中，要见到想见的医生，不知得费多大周折。

她无法独自乘火车、乘轮船，更不用说坐飞机——迄今母亲都还未坐过飞机呢；也无法办理酒店入住手续。远处的生活几乎和母亲断了联系，她的路径只在脚下，只在双脚和脚踏车画出来的十几里的弧线上，偶尔或许还可算上公交车。

母亲很少去超市，一开始推说超市买东西麻烦；后来，我们说多了，她就说货架上标签不好认。我们起先心不在焉地嘲笑她："这有啥不好认的，你十个数字都认识的。"但有一天，我在超市货架前驻足，看着那些小标签上的数字，开始思考，如果一个人仅仅认得十个数字，能顺畅看懂商品的价格吗？我们且不说看不懂价格牌上对应的中文名称，就是数字后面那些点号，于不识字的人也必是极玄虚的谜面。母亲说，她去超市，要买什么都是估摸着大致价格才买下的，付款前心里没底，临付款了，才知道有些东西价高了。母亲喜欢去小镇上的菜市场，喜欢去菜市场周围的小摊，与小贩们都熟识，也好讲价格，不像超市里只是冷冰冰的数字。我们同样很少想到，当世界快速前进，无意间却将我们的父母远远抛在了后头。

有段时间母亲住我家，帮着照看家里的小学生。社区物业通知每月可免费领一卷垃圾袋，母亲便觉得该行使这项权利，但领了几次，就不好意思起来，原因是领完垃圾袋，需在物业制作的表格后对应的门牌号签个名字。往后，母亲每回去领垃圾袋就带上我女儿。其时，小家伙正读二年级，她在物业的蓝面硬皮本上替奶奶签下名字，回到家，趁母亲不在时告诉我："奶奶不会写名字，还是我厉害。"

我三十三岁那年，在省城杭州动了手术。母亲夜以继日守在病榻旁，喂我吃饭，帮我擦身体、翻身……永不疲倦。有一天，其他家人恰好不在，剩下母亲，要返回酒店取我的一本病历卡。我们订了房间的那家酒店位于医院西北角路口。这是一家大医院，母亲要穿过好多栋大楼，绕到北门，再沿北面主马路往西走半里左右，才能到酒店。住院楼、门诊楼、医学试验楼、肾病大楼、消化科大楼……每一栋楼都有冷灰的外表，相似的生硬外壳；水泥路、连廊、地下通道……母亲穿行其间，像走在一个巨大丛林里，可她不认得任何标识，我无法跟她谈及路名，只能以虚弱的声音反复告知母亲酒店的名字。母亲很沉静，她说让我别担心，她记得去酒店的路。我知道母亲拿话安慰我，从酒店到医院，我前些天也迷路过。

母亲于四十多分钟后返回病榻旁，额上沁出了汗，她说，走错好几次，问了好多人，总算找到了。我躺在床上，心重新落进胸膛，冲着她疲倦地笑了。

二

母亲小时，家中拮据。她是长女，下面六个弟妹。外祖父老实巴交，使出浑身解数，只为让全家人身上有衣穿，嘴里有粮食吃。外祖父认定女儿不必读书，他倒是挣扎着让几个儿子都踏进过校门——尽管家里没出一个读书人。"你那些舅舅都去读过书的。"母亲常常跟我们讲，目光里流露出一种羡慕之色，"可他们不爱读书，你大舅舅只喜欢放牛，三舅舅总逃学到人家鱼塘里游泳，剩下小舅舅不逃学，可对书一窍不通。只有我和你阿姨，你外公一天书也没让读。"母亲很少提及外祖父的不是，在读书这件事上除外。

少女时代的母亲似一枚落在墙角无人问津的苦杏仁，除了劳作，除了担心饿肚子，也并没有太多时间感伤读书识字这件事。母亲给我讲过一个故事，是关于外婆的。她说外婆对待孩子心极硬，她七岁时，那年冬天特别冷，有一回没捧住一个暖手炉，暖手炉掉地上，炉口豁开一个口子，炭火撒了出来。那会儿，我外婆刚好在母亲身边，她看到女儿的这个失误，竟然做了一个令母亲一生无法释怀的举动：抬起腿，一脚踩到女儿腿上，小女孩疼得满头大汗，跌倒在地，小腿当即骨折。

待到母亲长大些，由于是长女，不但要干活，还要照顾几个弟弟妹妹，她似乎是他们另一个娘。母亲说，最不喜欢大舅舅，他打小笨，动不动把尿尿到她身上。母亲十六七岁时，正是我们国家困难时期，小山村家家户户缺衣少食，家里吃饭的嘴巴又多，日子过得十分紧巴。家中每年可吃到的米越来越少，常常只能撑大半年，剩下小半年，就吃番薯藤、细糠、草籽。每回做饭，她只好将米做成一大锅稀粥，心想至少能让一家子肚里装点东西。但大舅和二舅拿起勺子，尽往锅底捞。外婆为此时常责备母亲将粥煮得太稀。

母亲十八岁那年，家里实在弄不到粮票，外公就去各处借米。而她则跟着村里姑娘们去农场采茶，一住半个月。那半个月，她粒米未沾，带去一大袋红薯干，天天以红薯干充饥。

在母亲偶尔忆及的往事里，我大致能窥见她的少女时光，黯淡寂然，充斥着汗水与劳作。没有甜的糖果，没有更多来自父母的疼惜，没有花花绿绿的裙子——事实上母亲年轻时候，从未穿过裙子。

外公觉得生活就是他能一眼望到底的样子。家筑在山沟沟里，种几亩山地，从村里分到了几十亩林子，家里七个孩子，一头黄牛，一头猪。每天起来，下地干活，每晚回来，摸着黑，点着油灯早早上了床。

母亲也同样觉得生活是她能一眼望到底的样子。做姑娘时帮家里分担家务，抚养弟妹，学会烧菜做饭，纳鞋底，织毛衣，补衣服……嫁人后为丈夫生儿育女，尽管作为女人，她同样会种地、打柴、烧炭，熟稔各样农活。在她的生活里，有风雨，有汗水，有种子，有果实，唯独很少遇见字。她的生活似乎与字无关，字既不能当柴烧，又不能当饭吃，认不认得字有什么要紧呢？

到了二十世纪八十年代初期，村里通知村民办理身份证。母亲说，村里很多人都想不去办身份证的，她也那么想。跟她相仿年龄的女人们都觉得这把年纪了，天天窝在山里种地，这辈子走不出大山去，还得往乡里跑一趟，去办一张无用的身份证，费事。她之所以又去办了身份证，是听邻居大嫂说了一句话："身份证还是能派上用场的，将来你孩子到城里上大学去了，做了城里人，要去看望他，就用到身份证了。"

母亲的名字被写下来，除了结婚证，大概就是那张身份证了。那是在山村里的母亲少数几次和字生发的关系。

三

生活并不是谁都能一眼望到头的，父亲就不能容忍生活一成不变。他率先离开小山村，这个举动即刻牵动了母亲的生活。

父亲一离开老家，母亲的生活里马上需要用到字了。那段时间，他一走大半年，却没半点消息。母亲去找父亲的朋友林国——林国是我们村少有的一位能断文识字的"秀才"，据说我的名字就是他和父亲一道苦思冥想出来的——央他给父亲写一封信，信的内容大体就是问候近况。母亲走了十里路，去乡上邮政所将信寄发，过去大半个月，仍未见回信，也不知道是不是邮递员将信弄丢了。母亲没在我和妹妹面前表露出什么来。现在回想，当初她心里一定焦急得很。有一天，母亲从抽屉里翻出一张白纸，让我给父亲写封信。我统共念了三个月不到的书，认识的字加起来还没地里收来的红薯多，不会写的字就以拼音代替。母亲让我写下这些字："爸爸，现在好吗？你离开家八个月了，却没有一点消息。你会想到我们吗？还要我和妹妹吗？"她唯独没有让我在信里写"你会想到妈妈吗？"——等到长大后，我才明了母亲的心思，这是她的迂回之计。她能说什么呢？她既无法想象丈夫置身的世界有多宏阔，也无法得知丈夫正在经历怎样的生活。只有孩子，唯有孩子才是他们生活里最大的紧要事，是表情达意的唯一主题。

我不知道父亲最终是否顺利收到这封信，只记得这是母亲借用八岁儿子的手，第一回用了汉字。紧接着，母亲也跟随父亲离开了小山村。从此，她的生活里就离不开字了，或者说，字给她带来的障碍日益明显。这个世界对于不识字的母亲是不友好的。

　　起先她要去银行存钱。父亲会赚钱，却极不会打理，动不动借钱予人，母亲只好及时将家中收入归拢。母亲去银行却并不方便，只好跟一个做老师的邻居老太太一道去，存钱时，请她帮忙看看存折上的数字，请她帮忙在储蓄柜台前签字确认。每一回，母亲都要向邻居交付自己的秘密和信任，这种不适感，认得字的人一定没有体会过。过了几年，母亲便带我去银行存钱，让我在储蓄柜台上代她签字，总算解决了她一点后顾之忧，我想这意味着母亲的安全感得到了保障。

　　到了二十世纪九十年代末期，家中装了一部电话。前两年，我们在外求学，这台朱红色的电话就剩下接听的功能，木然地趴在楼上我的房间里。我们一想，母亲打不了电话可不行。妹妹发了心要教会母亲认识数字。她教了些时日，一边教，也试图一边让母亲学会写字。母亲试着努力了几天，渐渐对写字失去了耐心，她手腕太僵直，转不过弯来，使劲握着笔，到纸上却用不了力，写在纸上的数字歪歪扭扭。母亲自嘲说还没有清清写得好——清清是她孙女的小名，便不再写，只是认，几周后，母亲会认十个数字了。这样，打电话的麻烦解决了一半。为什么说是一半呢？写在电话本上的号码，她通常分辨不出它所属的主人来，号码前的名字母亲认不得。

形势逼迫妹妹发明了一种"象形文字"，以简单形象的符号替代电话号码前的主人姓名，作为母亲专属电话本上的字。例如我的名字，以一片波浪，上面点缀着几只海鸥来代替。我姑姑名叫香琴，她的电话号码以一把琵琶代替，以示这是一把琴。我阿姨名叫茶恋，手机号码前则是一片绿茶的叶子，悬浮在空气中。还有一些人名则很难象形化，例如老家的邻居福高，我妹妹大概想了好久没想出如何恰当注释这个略显抽象的名字。她说倒可以画个双喜代表福气，但似乎又容易造成曲解；后来灵机一动，想到这位邻居以种西瓜为业，我们一家人提到西瓜，几乎都会想到种西瓜的福高——于是福高的电话号码前出现了一只圆滚滚的西瓜，屁股上还缀着一片藤叶。好在母亲电话本里需要联系的人并不会太多，以此种方式造出人名的象形字简单有效，解决了母亲使用电话的障碍。

我们教会母亲打电话，也不全是为了某些实际的事。我更期望母亲能用电话找人聊聊天，讲讲生活的不如意。母亲的日子太瓷实了，除了无尽的劳作，她几乎没有自己的精神生活。

十个阿拉伯数字以外，妹妹应该还教了母亲几个汉字。

第一个是"胡"，母亲的姓，当妹妹将这个字写下来递到她面前时，母亲脸上现出羞涩来，极不好意思地自言自语："这是'胡'？"又自我确认说："这个就是'胡'。"这种感觉仿佛一个流落异乡多年的孩子重新找回了亲生父母，她想靠近自己的父母，又有一种说不出的羞涩和陌生感。第二个是"茶"，第三个是"香"。茶是最中国的植物，茶香是最中国的香，这是并不识得太多字的外公借来作长女的名字的，我觉得我那质朴得像枣树般的外公在那一刻无疑是个诗人。可母亲并不知道自己的名字是美的，直到有一回她去看医生，那个两鬓霜白的医生在处方笺上写下母亲的名字后，顿了一下："你爸爸一定是识字的人，这个名字取得多好！"

母亲跟我们讲述这件事的时候，第一次因为自己的名字面露喜色。

母亲总共认识的汉字没超过八个。"胡茶香"是她最先认识的三个汉字，第四个认识的汉字是"徐"。"徐"字在她生命中的分量和意义绝不亚于"胡"字，那是丈夫的姓氏，孩子的姓氏，往后，她生命里诸多的期望都在这个姓氏里延展。

四

不认得字，给母亲带来的缺憾无可弥补。这些看似不起眼的汉字，岂止是抵达更深广更开阔的外部世界的通行证呢，它们同样也是抵达更深邃的内在宇宙的精灵，离了它们，你的心不可能到达一个澄明境地。

我常常为此感到遗憾和痛惜。母亲是那样勤奋聪敏的人，她烧得一手最好的菜，织得一手最紧致的毛衣，她纳的鞋底针脚最为匀称，她做的麦饼味道全村最好……却因为与汉字的见面不相识，而被阻滞在逼仄的生活里。

不识字带来的伤害让母亲对我们的学习变得无比在意。大部分时候，当我们捧起书来读，母亲绝不会来打搅，她知道读书为第一要事。只有一回，我初二那年，母亲去开了一次家长会，她看不懂老师发到手里的成绩单，当然也没好意思向别的家长询问，她说这样怪丢脸的。班主任老师还是口头点到了我，大概说了我那段时间成绩波动，要把心思收到学习上之类的话。

那段时间，为了在繁重学习外找到一丝自由，我课余都在折腾写作，仿佛那是呼吸，我如痴如醉地读诗，读小说……母亲起先并未见出异端，只当我认认真真念着教科书，直到家长会上老师的话令她警觉起来。有一天回到家，我发觉那个三夹板组合起来的简易书架上一格书只剩下半格，那可都是我最最珍爱的书，是用省出来的一块一块午餐钱买的。我愕然地跑到母亲面前责问，以为她擅作主张，将书借出去了。母亲起先不语，但架不住我的脾气，说了实话，说三舅舅来过了，她跟他提了家长会的情况，请他看了看我的书架，把那些不该看的、"不健康"的书都给收了。

母亲向舅舅的求助让我哭笑不得。在我的央求之下，那些书被母亲自放衣物的木箱里一本一本掏出来，它们逃离了短暂的阴影。托尔斯泰的《战争与和平》回来了，夏洛蒂·勃朗特的《简·爱》也回来了。我站在书架前重新审视它们，不禁哑然失笑，舅舅是将《战争与和平》当成了一本打仗的书，《简·爱》书名里有个"爱"字，则是一本谈情说爱的书了。我不知道舅舅是如何跟母亲描绘我的书的，这事一定让母亲心里紧张得很。

开始写作之后，我多么希望母亲认得字。我不会忘记十五岁那年，她陪我去小镇上破败的邮局，让我将90元钱汇给一个全国征文比赛组委会。该组委会通知我的文章得了奖，会被收入书中，但须购书20册，否则不予评奖，我激动不已，全然没想到90元是母亲以半个月劳作换来的工资。后来收到一堆品相粗劣、里面编排了数百篇文章的作品集。多年以后，我才确认这是当年最流行的骗局，但不可否认，这份虚荣依然在我的写作路上起到了某种不可估量的推动作用，让我不知深浅地以为自己是能写作的。我常常想，我认得的字，我能写下的字，不都是母亲的恩赐吗？

如果母亲认得字，那该多好。在命运变故面前，她或许能少些惊恐，不会只看见暗面，她会在另一个由字结构的世界里，找到新的光亮。

如果母亲认得字，那该多好。她的生活就不会仅仅只是丈夫、儿子、女儿的生活。她会有自己的寄望和探求，会有自己的方向，她会成为一个拥有内心花园的女人。我希望她能种植粮食蔬菜，也可以侍弄花草。

如果母亲认得字，那该有多好。在我们各自有了自己的生活后，母亲的心不会因落寞而枯寂，她不会坐在那把旧竹椅上苦思冥想，不会在内心压抑的时刻，备感沮丧。她没有邻居可以谈心，也不喜欢打牌搓麻将，不跳广场舞。如果母亲认得字，我就不必害怕她大把大把的时间如何消磨。她可以看电影，可以读书，可以去想去的地方。她会在文字里见到和她相似的命运，仿佛拥抱了同病相怜的人，书会让一个人的日子由寂寥里挣脱出来，让日常保有生动的模样。

可是，我知道这是多么大的一个奢望呢，过去所有时光里，甚至写这篇文章之前，我都不敢有这番奢望。我的母亲不识字，这已经成了我和她都无法更改的宿命。

母亲不识字，我仍然将写的每一本书献给她，我固执地相信我认得的字、我能写下的这一颗一颗字都是母亲给的。我的新书出版了，有时会送给母亲一本。她捧着我的书，手指摩挲着封面，充满歉意地说："给我没用，又看不懂。"但我知道她心里一定很骄傲，她的儿子成了一辈子写书的人，她的儿子认得这么多这么多的中国字。

鞋

子

顾城说过：「命运不是风，来回吹。命运是大地，走到哪儿你都在命运中。」殊不知，大地和鞋子真就构成了我的命运。

想要一双白球鞋，为此等了五年。

四岁那年，人生中第一次学会对事物分类。我发现山村里走来走去的脚上穿的都是黑鞋子，只有极少数脚上穿着白鞋子。穿黑鞋的土生土长，手上结着厚茧，裤脚上落着泥巴，咧嘴一笑，一口黄牙。穿白鞋的在外求学或打工归来，衣服鲜亮，牙齿洁白，从你身旁过，青春的身体散发出用过香皂后的清爽气息。

四岁起，我喜欢上白鞋子，隐隐约约觉得白鞋子代表另外一种人，那种人和土生土长的山里人不一样，我说不出来不一样在哪里，心下却悄悄生出许多羡慕来。白球鞋的鞋面上有白色鞋带，交叉着穿过小孔，或并行穿过小孔，那种感觉特别英俊，走起路来，白鞋带的结微微地动，我相信穿它的人会因此生出一点骄傲之感。相反，我们脚上都是母亲纳的布鞋，顶多于鞋口缝两块松紧布，不装鞋带的。后来村里的孩子穿上胶底的解放鞋，总算有了鞋带，但解放鞋的带子灰不拉叽，一点也不好看。说简单些，白球鞋让我第一次注意起人的脚来，也让我第一次留意起人走来。穿白球鞋的人走路，每一脚踩下去抬起来，都透出一股既踏实又轻快的味道。他们高高地挺起胸，英姿飒爽。下雨天，走路更好看了，他们舍不得水坑里的污水沾到鞋子，就不像穿解放鞋或草鞋的人那般拖沓从容地走，而是往往提前挑好一块光滑的石头，小心翼翼下脚，让脚在上面点一下，又快速缩回去。远远地，你光看走路姿势，就知道下雨天一跳一跳的人，是穿着白鞋子的。

我喜欢白鞋子，也想在下雨天穿着白鞋子走路，也想走得不和山村里的人那般疲沓，也想踮起脚尖一跳一跳……但母亲不同意买白鞋子，那会儿一双白球鞋要七八块钱，母亲纳的布鞋却无须掏钱，大人们贪实用，认为白球鞋爱脏，不耐穿，买来不划算。

得不到，就会越发觉得它好。在想象里，白色的鞋子像驰骋于无边绿野里的小白驹，无数次轻捷地自梦里跑过。它已不光是鞋子了，它代表四岁的我另一些远远说不出来的东西，它是一种对暖和洁净的向往。

一

一直到九岁暑假，我即将跟着父亲去往另一个城市念书。第一次出远门，母亲要给我置办两件新衣服。我即刻想起脚上的鞋来，若穿着土布鞋到一个新地方去，该有多不自在！这回母亲总算答应，到乡里供销社给我买了双白球鞋，那双球鞋式样"时兴"，正是村里几个时髦小伙子脚上的样子。

当它出现在面前，我的心怦怦跳着，将鞋盒打开又关上，关上又打开，一遍遍看。脑海里即刻显现出将它穿在脚上的样子：在细雨中，踮起脚尖轻巧地跳过青石路上一个个小水洼……但我未能即刻穿上这双鞋，母亲说要等临行那天才能穿，不然穿旧了，去爸爸那边就没好鞋子了。

为了这句话，我克制住了穿新鞋的欲望。

白球鞋被藏进衣橱，尽管未穿到脚上，可时常地我会朝衣橱瞥一眼，想着有一双心仪的鞋正等着我，我将穿着它走到一个新地方。那样一想，一种小小的窃喜像丝丝山泉淌过心田。

1988年8月中旬，暑假过半，离家的日子到了。父亲捎话过来，让小叔带我去他所在的城市，小叔北上求学，先将我送达，再乘车北去，也算顺道。

往后有过各样别离，但我不会忘记童年那一场。尽管少时不识离愁，要多年后才明白，1988年夏天的出走意味着生命永远的折向，从此人生由大山走向大海，季候多变。

年少时不懂命运的戏法，看一切皆稀松平常。那样一个别离的日子，不会被认出是命运基石松动的征兆。

那天清晨，晨曦未及爬上屋外石墙，母亲便喊我起床。

她煮了一大碗面，里面横着一排青菜，卧着两颗鸡蛋，藏着好些腊肉，碧绿深红，甚是好看，平常只有重要客人才能享受到这番待遇。但我吃得匆忙，未觉出丝毫美味，连平日最爱的肉都没吃几片……未知的生活多多少少激荡着小小少年的心，令他寝食难安。吃完面，母亲拎出头天晚上收拾好的行李，带我去祖父家与长辈作别。

见我们到了，祖父转身进了黑漆漆的里屋，蹲下身，用一把小铲子刨出一层泥土，再用手指小心翼翼拂到一处。祖父将掌心的泥土置于一帕方纸上，将纸折叠成小包，塞到我背包里，嘱咐我到那边后撒在床底下。起先并不完全明白这小包泥土的含义，后来日渐明白，让一个远行的孩子带上一撮家乡泥土，是期望他带走故园的感念吧，期待他能像这包泥土般融入异乡的大地。

我背着一个跟自己身躯一般大小的鼓囊囊的仿牛仔布双肩包，朝着朝霞升起的方向走去。那是第一次远离这个山村，我没想到，往后即便重回，也已不属于此地，它把原先留给我的位置撤掉了，我身体里注入了大海的呼吸，便再也无法拥抱大山里海浪般起伏的松涛之声了。

那是一个好天气，我仍然没能像预想的那样穿上白球鞋离开故乡。母亲又临时想起一个让我先别穿那双鞋的理由：去车站得走一大段山路，不如到台州城换乘去宁波的车时再穿新鞋。我又一次克制住了穿新鞋的欲望。

第一次出门远行，一包家乡的泥土，一双穿上了鞋带的白球鞋成了我背包里最特别的行李。泥土代表故乡大地，鞋子代表行走。我就这样懵懵懂懂上路了，顾城说过："命运不是风，来回吹。命运是大地，走到哪儿你都在命运中。"殊不知，大地和鞋子真就构成了我的命运。

我穿着一双半旧的解放鞋，跟着小叔进了城。放眼望去，街上脚步杂沓，我开始留意匆忙移动的脚，那些脚上有尖头皮鞋，有白色球鞋，唯独难觅老布鞋和解放鞋……这番差异令人别扭，这是一种自惭形秽的别扭，它从脚趾头开始，弥漫到脚面，弥漫到小腿，稳稳注入心里。到城里后，小叔先带我去了四叔工作的汽修厂，那时汽修厂还是国有企业，有宿舍住。我们要在四叔宿舍里歇一宿，第二天才有车去往另一个城市。

当晚，小叔还将带我去一个领导家做客。说是做客，其实是去感谢这位领导。小叔考进大学，中间有过一年复读，就是这位从我们乡出去的女领导顾念山里孩子读书不易，为他找到县城一家重点中学，这个举动改变了小叔的命运。

这是第一次去一个县领导的家，我弄不清楚县里领导是多大官儿，只觉得心里没着落。小叔在宿舍跟我说："把球鞋换上。"

我总算穿上那双一路背来的白球鞋，没想到它却一点也没带来轻快的感觉——鞋大得离谱，套在脚上，前头部分至少三分之一空出来。鞋子穿上给不了劲儿，只好将鞋带扎紧，走起路来，脚一进一出，仿佛穿着拖鞋踩泥浆。但不适归不适，好歹这是一双簇新的鞋。惊喜尽管打了折，可还未能改变一个事实：这是一双穿着让人感到自信的鞋子。

我趿拉着新鞋，紧跟小叔身后，走进一个小区光线暗淡的楼梯，走到四楼。小叔敲开门来，我毕恭毕敬站到了县领导家的鞋柜旁，那里有一大排各样的鞋子，有黑皮鞋，有白球鞋，有红皮鞋，有鞋帮高高的、叫不出名字的鞋……它们就这么随意散落着，自信而骄傲。我见到女领导的儿子小文，跟我年纪相仿。小叔说："小文啊，成绩特别好，见识特别广，以后一定要向他学习。"

那是一个精瘦的孩子，看人的目光既不热切也不冷淡。倒是我，看向他的目光大致是羞怯而满溢着热忱的，里面必然还有巴结和敬仰的成分。往后有一年，小叔还让我给这个孩子写了一封信，我写得格外认真，纸上多有溢美之词，不知道这孩子收到信后心里作何感想，总之没回复。只有他母亲在给小叔的信里，提到这件事，顺带夸了我。

这是第一回，穿布鞋的人想和穿球鞋的人成为朋友。一个小小少年，他并不知道，这并非是什么鞋子的问题，这是一个世界和另一个世界之间的隔阂，我穿上了那双大得离谱的白球鞋，并不代表我就是跟他们一样的人了。

当然，那会儿我不明白事物的真相。我继续穿着那双鞋子上路，踢踏踢踏地走到车站，踢踏踢踏地乘上一辆又脏又乱的大客车，又从人声鼎沸的车站里走出，继续踢踏踢踏地走路，像一只行进在尘土飞扬的旱路上的跛脚鸭子。一路颠簸，一路晕车、呕吐……七个小时后到达宁波，再转车乡下，再步行一个小时到达父亲的小诊所。

这双心心念念踢里踏拉的鞋，让我走得疲惫不堪，它是那样尴尬地伴随我完成了第一次出门远行。

二

到了另一个城市，我们春秋季节穿球鞋，夏天穿凉鞋，冬天呢？穿棉鞋。若大家都这么穿，孩子们心里将一片安宁。可我读到小学五六年级，白球鞋悄悄被另一种鞋子代替了——我们这儿叫旅游鞋。旅游鞋并非是用来旅游的，也是一种球鞋，只是面料上对原先的胶底和布面作了改进，在鞋上使用 PU 皮、超细纤维、天然皮、网布等材质。旅游鞋一脚踏入了电视广告，尽管那会儿我们只是透过黑白的屏幕看到，也觉得这鞋子和普通布面球鞋大不相同，它提供更多式样，更多色彩，造型别致，拼接缤纷，绝不像白球鞋那般单一。旅游鞋一夜间进入城乡角角落落，在小小的我看来，世界千变万化，新奇的事物季风般一拨一拨刮来。

　　班上少数几个家庭条件稍好些的同学开始穿上第一批旅游鞋。差距又来了，在我还是孩子时，差距很容易从脚上开始——等我长大之后，才知道差距是从头上开始的——尤其到了冬天，一部分同学穿了老棉鞋；另一些同学则穿了轻便舒适防水的旅游鞋，他们在雪地里跑，在操场上踩碎水坑里的冰，动作和姿态一往无前。

　　一来二去，旅游鞋开始黏住我的视线，也开始不断进入我们的话题，我和妹妹时常会谈论班上哪个同学的某双旅游鞋穿着有多好看。当我们和母亲提起这件事，母亲脸上充满了淡然："旅游鞋要一百来块一双，可以买五双跑鞋。"那时我读初一，一周生活费15元，15元要解决六天中餐，还要买橡皮、本子。显然，一百块于我们家来说是一笔大钱。之后，我再未正面向母亲提及购买旅游鞋的事，大的没穿上旅游鞋，作为小的，妹妹自然也没话说。只是偶尔去赶集，每回经过鞋店，我们的眼睛里都放出一股深切的不舍来。

我读到初一，班上大部分人穿上了旅游鞋，只剩少数几个仍旧是白球鞋打天下。这样一来，对旅游鞋的向往已不仅仅关乎虚荣一类了，它更多是对平等的向往。

初一那年暑假，小叔自南方来探望我们，那时他在广东一所中学教书。小时候，小叔是我和妹妹最崇拜的人，他代表知识，是村里我们亲近的唯一一个大学生；他代表时尚，烫着八〇年代流行的卷发，穿着喇叭裤，包里还有小收音机和流行歌曲磁带；他代表某种希望和光亮。我们最喜欢他用双臂将我们高高抱起。在我们小小的心里，一个人知道得越多，身上就能散发出越多光亮。

那年夏天小叔的到来为我们闭塞无趣的生活带来些微亮色。小叔说来不及买礼物，他从包里翻出一盒杨钰莹的歌带——专辑《让我轻轻地告诉你》——送给我和妹妹，穿着红裙子的杨钰莹在磁带盒里冲我们笑。其时，她甜美的笑有如歌声一般还未蒙上俗世的风尘。打开收音机，按下播放键，杨钰莹的声音自轻快的伴奏中流淌出来，让极少听流行歌曲的我们，第一次意识到耳朵也可以尝到甜味。往后一段时间，我们时常躲在小屋里听杨钰莹浅吟低唱，这盘歌带让我隐约明白世界很大，或许有更多好看的，也有更多好听的。

除了歌带，小叔进门后不久还留给我们一句话，那句话是这么说的："小叔来不及买礼物，过几天去镇上，满足你们每人一个愿望。"这句话可不得了，是满足一个愿望！我好想问："什么愿望都可以吗？"可羞怯之心又让我将问题按定在肚子里。我和妹妹为这句话心情大好，再看小叔的表情，分明是说什么愿望都可以满足。

过了两天，小叔又和我们谈论愿望。愿望真是好东西，随时随地在提醒你，诱惑你；愿望又真是坏东西，像满树摘也摘不到的苹果，像身体里感觉得到又挠不到的痒，让人焦急难受牵肠挂肚。那是一段多么匮乏的岁月，想要的东西真多，想买书，想拥有一个精美的本子，想拥有一辆山地自行车，想乘一次火车……心里想着的事一串一串，却极少有一种力量能够帮助实现。

最后落到旅游鞋上，这个想是最热烈最迫切的想。不过即便如此，我们也隐藏了心里的某种急迫，我们没说一定要买双旅游鞋，我们只含蓄地说班上大部分同学都有旅游鞋。小叔说："好，明天就去镇上，给你们兄妹每人买双旅游鞋。"小叔的语气，让我感觉到隐隐的豪壮。

第二天早上，小叔骑着脚踏车带我们去镇上。妹妹坐在车前横档上，我坐在车后面，脚踏车吱嘎作响，驶过田边机耕路。田野一望无垠，风吹动稻子，阳光在稻叶上跳动，它仿佛长出了轻捷的脚。那时候，我们经常这样出行，小叔来时，骑着脚踏车载我们到处转，那是一年里少数无忧无虑的时刻之一。

小镇只有一条主街，集中着三四家商店。先去了第一家，有两个橱窗里齐整地摆着旅游鞋，小叔问我，你喜欢哪个款式？我很认真地看，隔着玻璃指了一双。小叔让售货员拿出那双鞋，他接过一只，用手捏了捏鞋面，说："这鞋太硬，穿上会硌脚。"那双鞋子被售货员快速地收入橱柜。接着继续看，我又挑中一双，小叔不动声色地说："这鞋秀气得有点过头了，男生穿起来不好看。"那双鞋子连拿也没有拿出来……很快地，第一家店就走完了。

从那家商店出来，我脸上尽量保持住平静，好让表情不至于坍塌下来。接着小叔带我们进了第二家店。我已不再像先前那样说哪双鞋好看了，这一回开始注意鞋子价格，几乎没有一双标价不超过一百块的。

我渐渐意识到，这样的价位，应该不在我的愿望之列。又不肯彻底死心，潜意识里还燃着那点欲望的火星。小叔不是坚定地允诺过要满足我们的愿望吗？那么买双鞋的愿望自然是可以实现的。但在第二家店，我们都变得沉默了，小叔既没说要我和妹妹挑一双自己认为好看的鞋子，我和妹妹也都心照不宣，没有出声。三人就那么沉默着，装作逛商店的样子，从一排排鞋柜面前走过去，又走过来。逛完了第二家店，又这样沉默地、故作轻松地逛完了第三家、第四家。

从第四家店里出来，小叔说："鞋子都有点古板，价格也标得不是很靠谱。你们还知道其他地方卖鞋的吗？"我不响。

妹妹说："菜场，菜场那儿也有很多卖鞋摊呢。"

"好，去菜场买。"

到了菜场鞋摊，一长溜鞋子，每个摊位上都留出一个大区域摆着旅游鞋，上午的阳光落在鞋上，白亮亮明晃晃的。我们从鞋摊这头，走到那头。不过我没有靠鞋子太近，特意和鞋子隔开一点距离，大概是要借着这点距离刻意表明内心并没有什么迫切的期望。走过长长一溜，走过几十双旅游鞋，走过几百双旅游鞋，小叔不响，我和妹妹也没说话。三人一路沉默，一路装作随意逛街的样子。

回家路上，小叔在脚踏车上顾左右而言他，还讲了几个笑话，不过一点也不好笑，我一句话没听进去，一声不吭，只有妹妹跟着他笑。她小，是容易忘却不愉快的。日光炽烈，脚踏车穿过不平的石子路，田野里一丝风也没有。

三

一直到初二，新学期。父亲去世数年后，母亲考虑重新成家。十月的某个周末，继父让母亲带着我们兄妹去城里走走，就那一次我达成了愿望，花去一百二十多块钱，得到了一双旅游鞋。那是少年时光里最奢侈的一双鞋。我早已忘却第一次穿上那双鞋的感觉，或许也只是一双鞋罢了，并无特别滋味。

生活大抵如此，未曾拥有时的念想远大于已经拥有时的满足。

接下来，去师范学校念书，家里特意给我买了双皮鞋，这是我的第一双皮鞋。

去了师范学校，我才知道，家庭拮据的男生真不少。报到结束后的下午，寝室里一帮同学领好生活用品，铺好床叠好被，随后开始相互认识。睡我下铺的男生径直走过来，用手捏我的衬衫领子："这种硬领的衬衫是不是比较贵？我还从没穿过。"此后，我见到他穿的衬衫，的确都是软塌塌皱巴巴，衣领要么卷起，要么上翻，没有一件成型的。

他当然没有皮鞋，也没有旅游鞋，只有几双泛黄的白球鞋，事实上我们寝室还有三四个人没有旅游鞋。

师范二年级，寝室里有位同学恋爱了，女友在另一座城市的学校上学，他们书信往来，偶尔周末相见，这份甜蜜附带着传染给我们每个人。随即全寝室都知道了他的女友叫慧慧，全寝室也都传阅过慧慧照片，仿佛那个从未谋面的姑娘是全寝室共同的女朋友。

可有段时间，那个男生开始喝醉酒，开始唱越来越感伤的歌，一问才知道，慧慧要分手。真是一个意外消息，全寝室都在分享他初恋的欣喜时，慧慧竟要和他分手，也意味着要和我们整个寝室"分手"。怎么能眼睁睁看着这样的事发生？我们发誓，一定要以集体的智慧挽回慧慧的心。怎么挽回？大家翻出日历一看，再过两周就是七夕，寝室里的人七嘴八舌说服那位同学，让他务必趁七夕去见慧慧，否则丢的就是全寝室的脸。就这么定了，少年们相信姑娘的心很容易挽回，好比跳一跳从枝头摘下一朵花那么简单。

舍友要去挽回初恋的心，得准备一份礼物，他倒是省吃俭用大半个月，从饭菜票里省下花销，买了件塑料吉他造型的音乐盒，打开吉他盖子会响起叮叮当当的《致爱丽丝》，再从学校隔壁花店配了九枝玫瑰，礼物定了。随后，全寝室的人东看西看，总觉得有某种不妥。到底有什么不妥？最后还是有人一语点破："既是约会，必须盛装出席，你这副样子太寒碜。"那位同学家境贫寒，几乎没一件像样的衣服，怎么行呢？我们觉得危急存亡时刻，他若再不能以最佳形象出现在慧慧面前，又凭什么赢回爱情？必须整得光鲜亮丽才放出门去，这事刻不容缓。

　　既是群策群力，事情就很好办，他不需要像花木兰那样"东市买骏马，西市买鞍鞯，南市买辔头，北市买长鞭"。我们觉得首先他得有件白衬衫，这件衬衫就从我人造革皮箱里挑出来。我跟他身材相似，白衬衫穿到他身上倒也合身。配白衬衫得有条深色裤子，寝室里另一个同学跑到阳台晾衣架上将一条深蓝色裤子扯了下来，裤子还带着太阳的余热。照这样的规格，最好能佐以一件西装外套，大家各自拿出外套，试了几件，不是太大，就是显旧。只好到隔壁寝室物色，不多会儿，有人拎来一件藏青色西服，跟裤子颜色如出一辙，一穿，还挺合身。衣服裤子配好，开始搭配鞋子，最好是黑皮鞋，但寝室里似乎没有像样的黑皮鞋，只好到隔壁寝室借，借来的鞋子，打上鞋油，看上去颇有了些神采。

装束完毕，我们五六个人让那位即将赴约的同学站定，对他进行了再一次全面而深刻的审视，有人提出为显隆重起见，脖子上还得挂一条领带——正是小青年们流行挂领带的时期，男生们几乎人人有领带。于是又给他配上一条红领带，他看起来不像去约会，倒像去结婚。

事实证明，一群少年将爱情想得过于简单，爱情并非树上的苹果，有时它是树上的飞鸟。那天傍晚，我们看到他两手空空回来，坐在床铺上一言不发。不管是藏青色西装、白衬衫、红领带、熠熠生光的黑皮鞋，还是音乐盒、玫瑰花，这一切都未能挽回慧慧的心，慧慧永远地飞出了我们的视线。

这位在爱情里失意的同学，颇为低落了些时日。一直到平安夜，全寝室上街游荡，他也跟我们去了。那会儿，我们就学的小城夜市繁盛，街上一长溜店，鞋子、服装、日用品……一应俱全。街上摩肩接踵，走着走着大家走散了。那晚，他最后一个回来。

他拎着一只鼓鼓囊囊的大塑料袋走进宿舍昏暗的灯光

下，脸上显出欢喜神色。我们就问："捡到便宜了?"他说："买了四双旅游鞋，元旦回去送给家人。"四双旅游鞋! 按当时价位大概要500块钱了，这可是个天文数字。

"鞋子真便宜! 四双才80多块钱。"他正将鞋子一双一双从鞋盒里掏出来，展示给大家看，"这双给我爸，这双给我弟，这双我妈的……他们都没穿过旅游鞋呢。"

四双冒牌旅游鞋，让这个失意的年轻人暂时忘却爱情留下的伤悲。我们也不再为他担心了，当一个人念及自己家人、顾及亲情的时候，自然是有能力治愈这失却爱恋的伤痛的。

抚

慰

我第一回听到一首如此魅惑的英文歌，是的，它确乎充满魅惑。像初恋时，第一次伸出右手，牵住女孩的左手；像第一次颤抖地拥抱一个异性的身体。它不激越，舒缓的旋律和歌手略显沙哑的嗓音却令我浑身战栗。

一

清贫日子过得最是缓慢。

每天，放晚学归来，我骑着一辆26寸黑色永久牌自行车驶上村路。一辆旧车，链条钢圈都泛着锈迹，只有把手上的铃铛让修车师傅上过油，闪动一点光泽。我将自行车蹬得飞快，一路疾驰，距离家门口几百米处，突然放慢，前后左右看。若身后恰好有学校里熟悉的面孔，索性将车速再调慢些，让到路边，让那辆车先过去。若无熟人，就重新加速，飞快地蹬到那间小平屋面前，刹车片扣住钢圈，橡皮轮划过机耕路上的小石子，嘎一声拖得格外长。

迅速掏出铜钥匙，对准锁眼，转动司别令，将那扇木门往里推开一半。为防台风季雨水倒灌，临门一块地坪浇高了些，门与地发出结实的摩擦。侧身将自行车推入小屋，门虚掩上，仿佛一个逃兵终于回到"秘密住所"。说是"秘密住所"，也只是心里暗暗设定的，我不想让班上同学，尤其是女同学知道自己住在这么逼仄的小屋里。

光线即刻暗下来，像一张碰到了烦心事的脸。只有一扇小窗透进些许亮光，窗框上方两端各敲了两枚钉子，挂着一根硬铅丝，铅丝上穿过去一张浅蓝小碎花薄窗帘，经过反复浆洗，那层蓝褪到极浅极薄，小花只剩一些隐约梗概。傍晚，天光本就不充裕，也不热烈，只能透进来几米，照亮房间一小截。小平屋窄而深，三面墙，就赖一扇小窗借来天光。

内里陈设极其简陋。一张自城郊别人家老屋拆迁中购得的铁架床，与北面墙并行，横着放。一张木架子小床对着小窗，贴住西墙竖着放，小床边东面就有了一长溜空余，倚着墙摆布一系列生活必需品。近门位置，以灰青的砖块搭建出简易台子，搁一眼铁皮煤气灶，选择进门位置，是考虑烧菜时可以敞着门，散出去一些油烟。小窗边放一张小圆桌，用来吃饭。一张略显高挑的旧桌子挨着灶台，上面是一台21寸西湖牌黑白电视机——小屋里最金贵的电器。电视机旁有一台暗红色收音机，小叔上大学时从寝室搬回来的。再往里呢？铁架床与木架床之间的西墙边靠着一个简易布衣柜。旧桌子北面，紧挨着一张矮方桌，也是拆迁户淘汰下来的，年深日久，桌面边沿三夹板风化开来，硬纸板似的，手指一扯就剥离出不规则的锯齿。

一米见方的矮方桌，是我和妹妹的"工作台"。我们要么将竹编的食罩和食罩里的一碗咸菜推开些，就着小圆桌做作业，要么就在矮方桌上抄抄写写。

父亲去世后，母亲、我、妹妹相依为命，生活艰难而克制。母亲每天早起晚归，在席草厂做一份重活，回来时，蓝色布褂上铺陈着厚厚的粉尘；头发、眉毛、鼻翼上也爬满尘灰，摘下口罩，一张疲倦的脸重新挣脱出来，仿佛重见天光的囚徒。

她早上五点起来给我们做早餐，晚上五点下班后，给我们做晚餐。尽管厨艺精湛，餐桌上的菜却万变不离其宗——无非咸菜、豇豆、油豆腐、茭白、花菜，偶尔会有两条小梅鱼，或者一条带鱼，两种鱼绝不会同时出现。

沉重而重复的劳动，几乎占尽母亲所有时间，她除了照顾我们的衣食起居，再无精力照管我们的心灵。

我们自顾自生长着。

一年365天，我们都在一个小镇里生活，从小屋所在的村庄到小镇中学，中学不远处有一条长几百米的街，这大概是我们能领受的全部繁华。我们的行进区域在镇与村划定的十平方公里以内的界限里。一年365天，除了上学，除了年末赶集，我们从不敢设想生活还可以有其他内容，也从不敢揣测别人或许有不一样的生活。似乎只有不作比较，只有低眉俯首波澜不惊，才能挨过无边无际的寂寥和困顿。

小学四五年级，我还跟村里几个小伙伴一道疯玩，骑着自行车到处转。那时还够不到车座，将脚穿插到自行车三角档里，踩半圈踏脚，自行车倾斜着自石子路上飞过；从小学学校围墙翻进去，进到乒乓球室打球，有一回，被校长告了状，还写了检讨书；五六月份，油菜结了籽，便有一人多高，一群男孩钻进葱葱郁郁的油菜地，横冲直撞快速穿行，油菜杆子唰啦唰啦从身旁闪过……如此便不觉得日子过得慢。

到十四岁，学业负担重了些，玩闹心思全收了回来。我开始成天沉浸于内心里。人是很奇怪的动物，外部世界变得狭促，他就会主动退却到一个深不可见的内在世界。

做完作业，生活里就剩下两件事。

第一件是到田野里游走。那时村庄还长在自然里，无垠的田地拥抱着村舍。从小屋前机耕路旁的田埂向南，穿过一大片水田，折到另一条田埂，一直往南，就到了一片芦苇丛旁。宽阔的大河横在芦苇丛前面。沿河边小路向西走，河水曲曲弯弯，于夕阳光照里显出沉静和深邃的模样。通往河边的田埂一年四季均耐看，尤其秋天，晚稻在夕阳里垂下头来，芦苇抽出洁白的穗子，薄暮升起，热切的大地凉下来。那是一天中最放松的时刻，卸下课业压力，卸下来自生活的忧戚，漫无目的地走去。在草树庄稼鸟兽昆虫的领地中，没有尊卑，没有异样的目光，也没有羞耻，只有隐约而遥远的忧伤，在胸口某个位置荡漾着，像涟漪在黄昏的河面荡漾着。

另一件事是抄书和剪报。其时，我正和文学处于甜蜜初恋期，从语文老师处借得各类小说与诗集。书中漂亮的诗句和动人的文章一经寓目，心里即生出占有欲。没日没夜地埋头摘抄，像吝啬鬼一个一个攒下铜板，我攒下的是长短不一的句子，形态各异的片段和文章。除了书，我也迷恋旧报纸。为了让我习字，母亲隔些时日就会去村委会一趟，和村干部们说好话，问他们要一沓无人问津的《人民日报》《光明日报》。我打开报纸，热切地搜索副刊中的文章和诗句，有心仪的，就动手剪下来，贴到硬面笔记本中，剪过的报纸，再拿来练字。

起初，以上两件事几乎涵盖了少年全部的精神生活。

十四岁的我消瘦、敏感、自傲又自卑，平常沉默寡言，在学校里则喜欢处处表现自己。这个年少的生命按着自己的方式向上长，脚步在潮湿幽暗的巷子里徘徊。

二

有一年暑假，小叔自广东返乡，经过我家。他从包里掏出一盒歌带当作见面礼，那是一盒半新的杨钰莹的歌带。封面上杨钰莹白色衬衣外套一件红格子连衣裙，青春美好，正冲着听众微笑。小叔说："她的歌很甜，比人还漂亮。"那是我人生中第一次听人用"甜"这个字形容歌声，八〇年出生的少年，见识并不广，十四岁那会儿，我还没学会"通感"的修辞手法，所能想到形容歌声的词语一般只能是"动听"。

歌带插入旧收音机，播放键嗒一声扣下。轻快的音乐流出来，杨钰莹的声音像清亮的风一样踩着音乐的节拍，跳跃到简陋的小屋里，在小圆桌上，在矮的小方桌上，在小方桌上的一叠陈旧的外国小说间，在浅蓝的洗得发白的窗帘上轻柔地滑过去，又落进我的心田，落进每一个舒张的细胞。听完一首歌，我对声音有了新认识，原来人的嗓子可以这样发声，原来有一类歌可以唱得这般节奏明快，这般轻灵而无拘束！

我之前听到的歌大多是学校大喇叭里放出来的，是"让我们荡起双桨"，是"红星闪闪放光彩"，是"一条大河波浪宽"……那些歌，也好听，但不是现在这样让耳朵里灌满清新的好听，好比村里姑娘的好看和城里姑娘的好看，是不同的好看。

这盒来自遥远南方的歌带，让人耳目一新，一种新的歌声正在逗引我们。我和妹妹开始挖空心思追逐当下正回响在城市大街小巷的，温柔的年轻的忧伤的缠绵悱恻的歌声，很快便发现了市电视台每晚六点有一档点歌栏目。我们常常听这个栏目，也跟着那台西湖牌黑白电视机一起唱，尽管跟唱不成曲调，但一点也不妨碍歌声像清风一般在小屋里流动，既清凉又令人动情。随后，旧收音机发挥了大作用，它不但能播放磁带，还有收音和录音功能。我们转动调频，搜寻令人眼前一亮的歌曲。那个时代，点歌台正流行，调频的转换间，时常会有一首歌迎面而来。

周末午后，细雨飘洒的黄昏，我们就在暗淡的小屋里，捕捉一首歌。那些清甜的声音，那些浑厚的声音，那些沙哑的声音，那些纯净的声音，那些并不让人一下子听明白的粤语的声音……那些歌声里的云彩、雨滴，那些歌声里的故乡、爱情，那些歌声里的感伤、离别，那些歌声里的大海、雪山……都进到我们心里。

过了些时日，我到学校旁小书摊上买了几盒空白磁带，想将收音机里的歌录下来据为己有。这就有了些难度，不再像先前那样随意，得算好时间，然后蹲守。那头，音乐频道主持人说："接下来让我们来聆听这首歌。"话音一落，就得迅速按下磁带播放键和录音键。房间里还不允许有声音，安静是很必要的。不但房间里不能有声音，我们自己也得屏息凝视，像狩猎时那般严阵以待。可经常地，并不那么尽如人意。一辆拖拉机自门前机耕路上突突突地跑过去，这样待到那首歌回放，背景里就会远远地响起拖拉机声，在那会儿听来，真是大煞风景。或者一条乡间土狗一路狂吠着跑过去，急切的犬吠声也就进入了一支原本柔情似水的歌里，显得突兀而奇怪。即便这些外部的意外都排除了，收音机里也时常出现一首歌放到中间，一条广告突然插入的情形。要想完整无缺录下一首歌，差不多要依赖天时地利人和诸多因素了。

好在磁带是可以重新擦去的，再次按下录音键，新的声音就覆盖了旧的声音。碰到如此这般突发情况，只好从头再录，遗憾的是很难再等来原先那首歌了。

在空白磁带封面上将录进去的歌一一写上名字，仿佛一盒真正的磁带那样，珍藏在剥落了油漆的小床头柜抽屉里。反复倾听，反复回味，就像一个傍晚接着一个傍晚地走向田野，在田垄上聆听晚风的声音那般充满留恋与向往。

我一点也不曾有过歌唱天赋，音乐里精妙的节奏，旋律中的转折、起伏、变化，丝毫把握不住。但这仍然不妨碍歌声和曲调带给我内心最温柔的抚慰，就像我从来不知道风在唱些什么，但总是那么迷恋风的歌唱。

初一那年，人生里第一次学习英语，恰好赶上学校新修了语音实验室，英语老师带我们去做听音练习。英语老师大学毕业不久，是一个大学生模样的姑娘，脸上的笑还没有老教师那般规范和无趣，说话处事也处处流露出女生的天真，我们都喜欢她。

坐在语音实验室方凳上，第一次戴上耳机，周围闹嚷嚷的人群安静下来。就在那一瞬间，耳机里响起一支英文歌，起初声音似乎在远处，很快靠近，每一个唱词都像被施了魔法，深情而温柔，明亮又忧伤，像阳光下的一小片阴影。它轻逸却不飘忽，它不是空气，它是雨点，一颗一颗都落到心田上，它不是羽毛，它是飞鸟。那是我第一回听到一首如此魅惑的英文歌，是的，它确乎充满魅惑，像初恋时，第一次伸出右手，牵住女孩的左手；像第一次颤抖地拥抱一个异性的身体。它一点也不激越，舒缓的旋律和歌手略显沙哑的嗓音却丝丝入扣，令我浑身战栗。我不断试图克制住自己的战栗，但发觉一点也无济于事。之后过了大半年，我弄明白在语音实验室听到的那首歌叫 *Yesterday Once More*，中文名《昨日重现》，演绎它的歌手名叫卡朋特。我深深地爱上了这首歌，或者说是爱上了卡朋特声音里那份对遥远昔日的怀想。幸福的孩子容易想象未来，忧伤的孩子容易感怀昨日，我就是那个迷恋忧伤的少年。

到了师范一年级，开学后不久，学校里组织盛大的迎新晚会，我代表班级出一个诗歌朗诵节目。那会儿我普通话很差，咬字不准，经常将"老虎"读成"老符"，将"窗户"读成"窗幅"，却自信于自己的演讲和诵读能力。班上文艺委员负责给我的朗诵挑选一首钢琴曲配乐，那个九月的初秋之夜，在师范学校略显颓败的大礼堂彩排。美丽的文艺委员拿出自己的随身听，让我戴上耳机，从她选择的三首曲子里挑选一首认为最合适的配曲。那是十六岁的我第一次用随身听听音乐，也是第一次听钢琴曲。按下随身听播放键，耳朵里的钢琴曲即刻将我从乱哄哄的景象里带离出来，一种新的美好又打动了我，那是自琴键间流淌出来的音符，那带着金属质感的旋律，铿锵有力又行云流水。那时候，我能听到的歌声、获得的光照那么少，而对美又那样强烈地渴望着。文艺委员给我听的曲子是理查德·克莱德曼的，那个有着澄澈的蓝眼睛的法国男人，那是我第一次在音乐里与他相逢。今天，他俨然成了大众最熟知的流行钢琴家了，我们提及他的名字，似乎都意味着通俗和不够高级，但他的琴声确实在很多个夜晚将一份难得的宁静交付给我，这份宁静帮助我消除了青春期的芜杂和不安。师范二年级时，我买了一台随身听，与之匹配的第一盒磁带就是理查德·克莱德曼钢琴曲精选。

三

十四岁那年，从收音机里捕获好听的歌时，我无意间留意到小屋门前电线杆上一个广播高音喇叭。那个喇叭除了偶尔会传出村委会里叽里呱啦的声音外，大部分时间都在播放县广播电台的节目，这恰好是收音机收不到的频道。有个周日上午，我被广播喇叭里传出的一首青春飞扬的歌所吸引，便站在电线杆下听了一会儿。渐渐弄清楚那档节目叫《青苹果乐园》，面向青少年学生，主持人在每周节目里都会播读听众来信，接受听众点歌，也播读一些中学生交笔友的信息。

那个周日上午后，我又在另一个周日上午听到了《青苹果乐园》的旋律。我静立在电线杆下面，面向一片青碧的田野，听主持人念出一个一个陌生的同龄人的名字，名字后面是一连串爱好、理想之类的信息，心里突然萌发出一个念头，为什么不挑一个同龄人，给她写写信呢？

又一个星期过去，我左手掌心里摊着一张小纸片，右手握着一支圆珠笔，站在电线杆旁大喇叭下，等待新一期《青苹果乐园》开播。在拂过稻田的清风里，我快速记下一个陌生的名字和地址。那是一个女孩的名字，字面上透出令人遐想的美好。接下来的一周，我给那个陌生的女孩写了一封信，写信前先打草稿，再誊抄出来，尽量不让纸面上出现错字，也不让纸面上出现涂改痕迹。然后到小书摊上买了一张邮票，将信寄了出去。

在一个少年的心里，这是一件令人期待的事。信寄出后的日子，等待开始盘踞每一天。等待班主任老师哪天来上课，喊自己名字，说："有你一封信。"那时候，我们班上已经有好几个女生享受这份待遇了。老师有时候偏在下课后才发信，于是又开始细细地盯着老师手里的教科书、教案，看看中间是否夹杂着信封。

等待是揪心的，等待同时让日子生出些期待，一份期待会给枯燥的生活增添色彩。

又等了些时日，那个有着好听名字的女生终于写来了一封信。从班主任老师手里接过它，不动声色地放入课桌。翻开课文，端正坐姿，认真听讲，心思却全在课桌里，全在那个薄薄的信封里。虽仅仅一节课，却比前面等信的十天都要漫长。总算等到下课铃响，待老师离开教室，还和同桌闲聊两句，待他也走开，才在课间小心地以指尖缓慢地撕开封口。女孩的信并不如我写给她的那般文采飞扬，但字里行间那份初识的真挚和热切深深感染了我。回到家，我在小屋昏暗的光线下再次展开那封陌生女孩的信，顺着纤弱的笔迹，再次重温了文字里纯真的热情。

当天晚上，我就写好了回信，激动而喜悦的心跳被小心地藏进一个一个句子里。第二天下午放学时，自行车拐向邮局，将信寄了出去。接着，又是十多天等待。我从班主任老师手里接到第二封信。接过一封信，似乎收到一份礼物，之前，确切地说，我还没收到过任何与心灵相关的礼物呢。

这样的书信往来，为生活平添一些期待。储存愿望，仿佛储存了一个一个氢气球，使人在困顿里抱紧它，一点一点飞出泥淖去。十四岁的少年，自闭而忧郁，自恋而骄傲，既独来独往又渴望心里声音被人听见。在生活中，那时的我总给人不可接近的印象；在书信里，我成了另一个敞开心扉的少年，不断地向一位从未谋面的女孩，讲述自己，讲述生活里值得自豪的一面，也谈论写完的文章，谈论正在读的书，谈论未来和梦想。这些书信，看上去是在向另一个人描述自己，其实是一个少年自我确认的方式。寄往远处的信，更像一面镜子，他在文字里梳理生活明亮的部分，梳理生命中与美好愿望相关的部分，他总是期望把更好的一面展示给他以想象塑造出来的陌生女孩。殊不知，这部分更好的自己，也跳出来拥抱了那个忧郁和悲伤的自己，给他带来一份意想不到的抚慰。

除了书籍和文学，除了歌声，除了田野上的薄暮和清风，除了一轮从不食言的月亮，我还以书信的方式，遇到了一些陌生的同龄人。这些靠写信相识的人，最终都未曾谋面，但借助他们，借助无边的想象，我完成了与另一个自己的拥抱。

生活诚然艰难，却并非毫无慰藉。

无尽滋味

那一回，我们一定让外祖父犯了难，他的手停在空中，像受伤了的鸟，不知该落到哪儿。他脸上的表情一定很僵硬，眼里一定泛上了泪花。

一

柴火燃得正旺，火星四溅，噼啪作响。熙熙攘攘挤满大铁锅的白板油，像厚厚的雪线慢慢退去，一大锅清油漾了出来，方方正正骨牌大小的板油粒子，吱吱叫着，蜷缩得越来越小。

我和妹妹并排坐于木楼梯第八级，我们每次都坐那一级，那个居高临下观察锅里动静的最佳位置。南方的隆冬，木屋外落着雪，猪杀了有些时日了，板油在阴凉处晾了许久，母亲去外祖父家，帮他们熬猪油。若是平日，第一粒雪子落下，我们准已站在木屋门前的茶山上，翘首等雪来了。

熬猪油却非平常，在我们眼中就是一个节日。爱的并非猪油，而是熬猪油时那份庄重的感觉。家里备下粗壮的柴火，板油切成块，母亲特别交代："灶点上火后，不能再乱说话。"什么叫乱说话呢？自然不能说跟猪油相关的话，问猪油相关的问题也不行，例如：猪油怎么还没出来？火那么旺猪油会溅起来吗？这清油，待会儿会变成雪白雪白的猪油？

母亲不许我们说这些，仿佛板油粒能听懂人话，它待会儿不肯变白变无瑕了，这样看来板油是狡黠的。母亲还叮嘱我们，远远地静静地看着，切不可靠近那口大锅，这样最先奖励吃猪油渣。刚熬出的猪油渣最是好吃，松脆喷香，热乎乎的。一经冷却，不是干硬难嚼，就带着一股子油腻气，全然不是那样味道了。

为了第一口猪油渣，我们老老实实坐在台阶第八级。猪油的香像淘气的孩子满屋子乱撞，已经跑到门外去了。远远望出去，门外雪花正纷飞，前一分钟我们还跑出去看过雪花，又急急跑回来坐好。无论怎么看，棕褐色的猪油渣已越蜷越多，聚集到锅的角落。清油也已被一勺一勺舀入备好的陶罐，锅里只剩猪油渣了。"猪油渣好了吗？"我们忍不住叫起来。母亲说："还没呢，这些油渣里还有很多油没跑出来。"母亲一边说话，一边用手中锅铲用力按压。

猪油渣值得这样翘首等待。

闭塞贫乏的小山村，孩子只能在土里或山里寻找零食。我们的味蕾热烈伸张，探测美味的天赋藤蔓一般生长，未曾放过潜藏着食物的任何角落。

父亲是医生，常会根据身体状况给我们补充一些"元素"。孩提时，我吃得最多的两款药是宝塔糖和食母生。

吃宝塔糖时两三岁，经常犯蛔虫病，父亲从卧室柜子上取下一个方形铁皮盒——那会儿，我们家小，卧室也充当父亲药房。他从铁皮盒子里掏出一颗黄色的塔状的糖放我嘴里，有时候粉红色，有时候浅绿色。宝塔糖甜里透着一股说不出的药味，这股古怪的味道证明它不是糖，是药。可孩提时，我将它当糖吃，因了装它的精美的铁皮盒子，因了它的甜，因了它好看的螺旋般上升的造型，因了鲜亮的色彩，就忽略了那股子古怪味道，认定它不是药。

午睡醒来，孩子们都会向母亲讨要零食，偶尔地，母亲翻开抽屉，从角落摸出一个五分硬币。我沿着石路走上百来米，便是钱宏爹的小店，那是村里唯一的小店，一间黑乎乎的十平方米大小的石屋，灯光昏暗，时常坐着三五闲人，打牌或闲聊。五分钱能派上的用场一般是买一把瓜子。在我们村，瓜子只有买到几角钱，小店老板才拿小盘秤来称，五分钱的瓜子不上秤，钱宏爹的手就是秤，他按自己手掌大小，从黑陶罐里抓出一把瓜子，再放进一个旧报纸折出的尖角纸包，递给孩子。这便是午睡醒来后最奢侈的零食。当然，不是每天都有五分钱，更多时候，一分钱也翻不出来。我们便吵吵着吃宝塔糖，一颗颜色鲜亮的宝塔糖含到嘴里，会顷刻让寡淡悠长的夏日午后沁出些许甜来。

食母生也被我认定为零食。孩提时食欲不振，父亲给我吃一种浅棕色药片，通常三五片一起放嘴里嚼，起先并不认为好吃，反复几回竟嚼出奇特滋味，那是一种类似于核桃酥的味儿。常常地，我也拿食母生当零食，是药三分毒，可父亲觉得没什么，食母生能补充维生素 B 族，也助消化，咀嚼时，发出唰啦唰啦的响声，干干的，一股沉闷滋味。

"猪油渣好了吗？"过了好一会儿，我们再次坐在楼梯上喊叫，"要吃猪油渣，要吃猪油渣了……"

母亲说："再一会会儿。"

几乎每一次，要伸长脖子等啊等，要不断喊"猪油渣，猪油渣快点来"，要围绕灶台来回跑无数趟，母亲才命令歇火。外祖父手里端着一个蓝花边的小碗走过来，给我和妹妹每人一双筷子。夹起一颗往嘴里送，猪油渣烫得很，我们嘟起嘴来，哔哔吐着气，咀嚼第一下，牙齿在一股轰轰烈烈的香味中打了个激灵。

二

一种叫汽水的东西在我五岁那年翻山越岭，到达乡里。

起先并未能见到，它只在村里小年轻的嘴里出现。我的想象由此展开，我相信那是一种新的神秘物质，由省城出发，到地区，到县里，再到我们这个地方。可村里的小伙伴轻描淡写："城里人人在喝。"这也不稀奇，那时候我们生活在世界边缘，任何新事物的生成，待长出脚走到我们面前，早就在外面世界兜兜转转很多圈了。我在心里默默记下"汽水"这个名字。很长一段时间，一次次跑去"侦察"，钱宏爹的小店都未见汽水身影，但我开始无端地挂念起汽水来。

汽水于我十分抽象，"只闻其声不见其人"，它还只停留在话语和想象层面。我根本不知道它长啥样，只是味蕾无来由惦记它，惦记这名字古怪的"水"，惦记这新鲜事物的滋味。

过些时日，又听人说汽水装在小玻璃瓶里，喝进去满嘴泡沫，又甜又辣，肚子还会咕噜噜翻滚起无数气泡。因了心里特别关注，汽水的讯息隔三岔五就会钻到我耳朵里来。这听着多么神奇！我可从来没尝过有气泡的东西，从来没有。汽水竟如此不一般！它在想象里扎下根来。

有一天，我总算在乡里落满尘灰的百货店橱窗内见到汽水。小玻璃瓶，上端覆着金色瓶盖，内装乳白色液体，他们说这是荔枝汽水。

我迈不开步子，心怦怦跳，原来汽水长这样，竟是乳白色的？类似乳白色的东西，我喝过的有米汤，有麦乳精，可它是荔枝汽水，它不是"汤"，也不是"精"，它是"饮料"。我并不知道"饮料"是什么，我想那一定是城里人才吃得到的东西，饮料是有身份的玩意儿。

我只吃过干荔枝，荔枝汽水是不是就是干荔枝味道？可何曾见过干荔枝放到嘴里生出满嘴气泡来？荔枝汽水想必又是另一番味道。

见过汽水后，丝毫未能消除心里的念想，反而让抽象的渴念显得有形有色。人的很多渴望皆发端于细枝末节，有些来自眼睛，有些来自手指，有些就来自舌头……最终都会落进心里长大。汽水反复出现，在午后，在缀满星星的夏夜，坐在小院里等待凉风的时刻，我面前都会晃过一瓶遥远的汽水。我的舌头被一种强烈的幻想控制住，泡沫在舌尖跳动，泡沫在肚子里翻滚，那是荔枝味的泡沫，乳白色的，它会嗞一下辣到舌头。

一瓶汽水始终未能到我手上，尽管后来，它也出现在钱宏爹光线暗淡的小店，像一排小兵列队在简易的木板货架上；它也出现在小山村年轻人手中，他们拿着汽水仰起脖子在阳光下往喉咙里猛灌——五角一瓶的汽水还是被排除在大部分孩子的购买能力范围之外，大人们理由简单：

汽水并不能饱腹，也不能解渴，就花五角钱买它喝着玩？

汽水始终切近又遥远，它的味道因了无休止的念想而不可捉摸，又因了无法触及而令人焦灼。如此近在眼前又遥不可及的事物不但激发内心的不安，同样激发味蕾的想象，让味蕾一次次张开触角，又一次次空手而归。我无数次试图于梦中拧开一瓶汽水，可汽水会跑，手一触及透明小玻璃瓶，就不见了。

只有一次，我在梦里鼓足勇气，于乡里电影院外，买下一瓶汽水，它没有跑开，启开瓶盖，乳白色的水汽吱吱叫着冲进嘴里，辣到了我的舌头，一个一个甜津津的气泡，噗噗噗地自嘴里冒出来，折射出阳光斑斓的肌肤。

三

有一年春节，亲戚间相互走动，父亲的堂姐送来一盒饼干，一包红糖。红糖是常见的那种，以黄而粗糙的草纸包裹，中间衬一方红纸，上面写着"糖"字。饼干可就稀奇了，我从未见过装在如此精美塑料盒中的饼干。我们吃过的饼干几乎都裸着，置于小店油彩剥落的饼干箱里，卖时，小店老板伸手掏出几片，放在灰黄的油纸上包好。

照品相判断，这种饼干的味道定然与众不同。我和妹妹暗自期待，尽管这个姑妈并不惹人喜欢，她的饼干确乎合了我们心意。可还没等高兴够呢，母亲就对饼干提出看法。母亲说："你们那姑妈顶难处，最近和外公家大吵过一架，说外公家的鸡吃了他们家小白菜，要不是你爸出面调停，不知会闹多僵呢。她拿来一盒新式饼干，不知道换什么回礼好。回过去的礼太好不合适，太差必然落下口舌。饼干照旧还回去，把另一件红糖换成黑枣就好了。"这是从前山村里送礼的惯常模式，一位亲戚将两件礼物拎来，主人家转身拎到另一位亲戚家去，那户人家又转到别的一户人家；或者一件退回，另一件作个替换，也不算失礼。五次三番，自家东西就循路返回了。

这一回，竟要原封不动将一盒不凡的饼干还回去！我们心里一百个不愿意，但一个也未说出口，我们知道小孩子的愿望抵不过大人的规矩。

母亲将那盒饼干置于卧室大橱最上层，再将老旧的暗红色橱门合上，饼干就隐入了高处，可它又分明地显现在那儿。无论何时，不管橱门是否打开，大橱最上面那一格都在逗引我们的视线，仿佛那里有一股独特的气味透出来，又仿佛那里有光，即便乌黑的夜里，即便躺在床上，我也似乎随时能用目光触碰到大橱的顶格。饼干分明被藏起来了，可又那么真切地存在着，就在两米外的高处，和我们一道静静待着。

有时，母亲不在，我们会打开橱门，橱门太老了，每开一次就发出咿呀一声响。没别的意思，仅为看看那盒饼干还在不在。饼干当然在，就在橱柜最上面一格，我们能看到饼干盒边沿，瞥见它一个角。

过了两天，我再次打开那扇老橱门，和妹妹一道立在大橱前仰望，并无二样，饼干还在原处；但分明又不同，那会儿，恰好一抹晚霞的光，斜切向敞开的橱门，置于大橱顶格的饼干顺势落进橘色霞光里，盒子显出从未有过的挺括和漂亮来，我的心颤动了。应该将那盒饼干拿到近处看看，它究竟是怎样的饼干。

我问妹妹："想看看饼干吗？"妹妹点了点头，一支小辫子歪到了一边。

我转过身，站上一张方凳，踮起脚来，勉强够到饼干盒。饼干到了手心，隔着薄的塑料包装，都能捏到它，它离我们的眼睛、鼻子、舌头那么近，近得轻轻动一下手指就能撕开包装。

我们没有僭越母亲的规矩，没敢撕开饼干包装纸，它像穿在人身上的一件衣服，不可侵犯。我们只是举着盒子细细看了好一会儿，圆形的饼干一片一片紧致地排列着，这是我们从未见过的薄透，饼干上面撒着一粒粒晶莹的白芝麻，边沿有规则的花边。我的鼻子似乎闻见了麦子的香味，舌尖出现了蔗糖的甜，可我依然被饼干的味道蛊惑得头晕目眩，它到底是怎样的？

那天下午，饼干原封不动回到大橱最上层。第二天，它又被取下来细细端详了一回，当我再次将饼干放回去，心里升起一种很模糊的预感，我想用不了多久，它该回姑妈家了。那时，我们这个小房间，房间里的大橱子就会彻底恢复平静。

可饼干迟迟未见送走，我再一次取下它细看，这一回看到了破绽，包装接缝处极窄，如果以小刀挑开一个小缝隙……我被自己的想法吓了一跳，听到心在胸膛里蹦，遂飞快地踮起脚，将饼干送了回去。

一下到地上，刚才的念头捉迷藏般即刻跳出来，再不可收拾，几乎推着我重新踏上方凳。心里同时响起一个声音："盒中饼干排列如此紧密，取出一片尝尝味道，仅仅一片，会有影响吗？"于是，我像一个修表匠，以小剪刀的头小心翼翼启开了饼干盒。一片薄脆的饼干，一片恍若以阳光的切片做成的饼干，一片散发着麦子金色香味的饼干……我和妹妹分而食之，我们几乎来不及品咂味道，它就进了肚子。我像做了贼一般，将饼干盒迅速放回原先位置，剥落了油漆的橱门发出一声惊心的响。我告诫妹妹："这个秘密，对谁都不能说。"过了许久，心里才平静下来，等到回想饼干滋味，竟一点也记不得了。

又过去两天，我装作若无其事地打开橱门，心想饼干大概不在了；可它仍在那儿。我问妹妹："你记得饼干什么味道？"妹妹说不记得。这就有点不太好了，为此冒了那么大的"险"，竟一点都没有尝到饼干的味道。至少还得再来一片，至少得弄清楚饼干到底什么味道。况且，排列如此紧致的饼干，取出两片和一片有区别吗？

便又吃了一片。按理说，这一次应该牢牢记下它的味道，但味道是难以捉摸的，你越想记，它跑得越快，以至于第二片饼干下肚，过了几天，我又遗憾地想到饼干的味道似乎又自舌头上跑开了。

第三次站到方凳上，我并没有就饼干的味道再次和妹妹探讨，而是就饼干的吃法提出一个问题："想把饼干泡在开水里试试吗？"当我这么问的时候，妹妹的眼睛很亮，那是一种全新的吃法了，关于这个吃法的想象令人着迷，不但给我壮了胆，还彻底地掩盖了羞耻心。"为尝试新吃法，是应该允许再取下一片饼干的。"第三片饼干以这样一种理由进了我们肚子。

之后，我们克制了四五天，主要是我克制了四五天，三岁的妹妹既攀不上凳子，也够不到饼干，顶多凭借一点期待守株待兔，甚至都称不上合谋。并非没想起那盒饼干，大约觉得母亲该要拿它送人了。其实，若就这样被送走，岂不是好事？

可饼干仍在，这让我心里生出一种恍惚的错觉："或许母亲那天的话只是随口一说，她大概彻底忘了有一盒饼干这回事了，也或许姑妈和外公家又吵架了，这回吵得翻了个底儿，饼干……自然不送回去了？"有了这番猜想，我再次打开木橱门，内心一派释然。"况且，饼干盒里的饼干买来时或许排列就不那么紧致呢？它不可以排列得松松散散吗？倒也是，母亲大概没注意过。"这么一想，自然还可以继续享用，至少现在它还排列得没那么松散。那次，我取出了两片……

那盒饼干不断暗自生发着变化，以各种不同的理由少下去，队形越来越松垮。

母亲再次打开橱门，取下它时，饼干队列已彻底变了形，只剩下小半盒。作为贪吃的主谋，我挨了一顿打，母亲用竹枝捆成的小笤帚，抽打得我号啕大哭。那是我整个童年挨的极少数的几顿打之一。

四

外祖父是顶寂寞的人。

外祖母五十不到就撒手人寰，外祖父一人拉扯六个儿女，既当爹又当妈。他腌咸菜，浆洗床单，缝补衣裤，一日三餐给儿女们做饭，将简陋的餐桌擦得一尘不染……外祖父是个不停歇的陀螺，一直旋转，还是顶寂寞的人。他从不多言，很少发火，见人来，脸上现出怯怯的浅而淡的笑。他患有沙眼，总是迎风流泪，小时候的我误以为外祖父动不动就会哭。

母亲是家中长女，她出嫁后，外祖父就更找不到人说话了。他四个儿子，几乎没一个争气的，兄弟间不时发生争执，而到外头又总被人欺负。外祖父和儿子说不上话；而小女儿呢，本也聪明伶俐，可怜从小生了耳疾，没钱治疗，以至于耳朵到了近乎失聪的境地，外祖父便和小女儿也说不上话了。

他只有一个大女儿可指望。

外祖父隔几个月来趟我家，并不为处理确切的事。他来，或许仅是想看看大女儿，看看我和妹妹。

当时我们并不太理解外祖父，觉得他的来或不来，似乎都没有激发我们一些额外的情绪。有时我们会见到他，局促地坐在小桌子前吃米面——以米面招待客人是我们那儿唯一而隆重的方式。外祖父慢慢吃，面前置一小碗，里面是从大盘里匀出的面，上头堆着猪肉和鸡蛋丝。母亲常要将那些佐料重新往外祖父碗里扒拉，外祖父时常是推托的，他说"给孩子吃，给孩子们吃"，说着会脸红起来。

有时，我们未能遇见外祖父，他每回来，待的时间都不长，吃完母亲做的面，喝碗白开水，也就起身走了。但我们也能知道他来过，旧八仙桌上放着一对苏式月饼，必然是外祖父带给我和妹妹的礼物。

外祖父并不是富足的长辈，除了入冬后背一袋番薯，杀了猪后拎一刀猪肉来……很多时候，他是空手来的。独自走过一段山路，跨过一条溪，背着手由一个小山村走向另一个小山村。但外祖父从不忘记带两个月饼。

只要来我家，他口袋里总会藏着一对月饼。他掏出来给我们，没有更多言语，手有些微微发颤，月饼屑就掉落到地上。我最早吃到的月饼大概就来自外祖父。长大后，我们遇到的月饼俨然只成为节日摆设，越来越少人青睐它，家里只有我依然爱吃月饼。有社会学家做过调查，说爱吃月饼的人大多出身卑微，没办法，我就是这么一个大山里出生的孩子。外祖父的月饼是我吃过的全世界最好吃的月饼。那会儿，这就是我对月饼和食物的全部见识，而今，我也依然这番见识。

等我们到了再无法遇见外祖父的年纪，我开始回想外祖父买月饼的情形。每回，他大概都是辗转到村里的小店，表情淡然，轻声和小店老板说："两个月饼。"此后，便再无第二句话。以前那个小店老板调侃过外祖父，说他一辈子不懂买零食，隔几个月来买两个月饼，一定是要去看望外孙外孙女了。

月饼就在外祖父口袋里，有时以油纸包裹，有时以手帕包裹。外祖父独自走动，月饼不声不响。有时，外祖父的手会触到月饼，他很小心地将口袋拉了拉，想到月饼，外祖父心里应该是甜的。

只有一次，我和妹妹拒绝了外祖父给的月饼，因为我们于外祖父家没吃到肉。其时外祖父家里正造新屋，有一群木匠、石匠、泥水匠，餐桌上每餐都会上一盆肉，这可是待师傅的规矩，若无肉可就是大不敬了。但外祖父家那一年养的猪格外瘦小，又买不起肉来，只好由我家带了几十斤肉去。这肉就显得金贵起来，母亲负责烧菜做饭给师傅们吃，每回等到师傅们吃完，自家人才能上桌。我们一上桌，母亲就将那盆肉撤下，由此，我和妹妹深感委屈，竟怨到外祖父头上了。

外祖父照旧从衣袋里掏出月饼，充满期待地注视着我们。我转过身去，撒腿跑开了。见我跑，妹妹也跟着跑。那一回，我们一定让外祖父犯了难，他的手停在空中，像受伤了的鸟，不知该落到哪儿。他脸上的表情一定很僵硬，眼里一定泛上了泪花。为此，我和妹妹挨了母亲一顿声色俱厉的骂，母亲太知道外祖父的难处了。他那么默默走来，待上一时半刻，又起身离开，从不向女儿女婿提要求，也从不诉苦，总一个人默默消化全部的苦。

往后，我们举家迁徙，这件事于外祖父一定是顶伤心的，他再也找不到地方去坐一坐了。但外祖父从没说起，仿佛那也是稀松平常的事。只是每一次我们探亲后离开，外祖父都执意和舅舅们一道走五六里山路，送我们到乡里的车站。照例并无言语，但他有白煮蛋。是的，外祖父便于天蒙蒙亮起来煮鸡蛋，煮出十几个来，说让我们路上吃。路上哪能吃得下这许多鸡蛋？他不容分说地将热的鸡蛋塞到我和妹妹衣兜里、裤袋里。随后，拎着剩下的鸡蛋，陪我们走完一段长长的山路。路上，外祖父总是不说话，只有杂沓的脚步声，只有早起的鸣虫叫唤。待大客车发出突突突的响，我们都坐到位置上，外祖父便由窗外将鸡蛋递给母亲。这是外祖父能想到的唯一的告别仪式。每一回告别，外祖父都要重复这件事，他重复了好多年，一直到瘫痪在床，到再不能动弹。

我坐在大客车上，手插进衣兜里，左右手心各握住一枚鸡蛋，鸡蛋温热、小巧、光滑，一直要过好久好久，才会冷却下来。车开动了，外祖父静立窗外，他的眼睛被风一吹，又有了泪水，他一句话没说，就那么看着车载着我们远去。

五

父亲刚去世那几年，我们的零食几近绝了迹。母亲被一种巨大的无所依傍给控制住了，她紧攥着手里的每分钱，想着万一生活出现更大意外，好有一招半式的抵抗。

有时放学回到家，母亲还未下班，我们做完作业就到隔壁蔺草厂寻她。

蔺草收割后，要放到水池子里，以一种日本进口的绿色粉末浸染，据说能让加工出来的榻榻米保持较好的成色。

晾干后的草，要用铁梳子去壳，以双手圈住较长的草头抖动删草（蔺草有长短，做席时需要长度统一的草，就会捏住草头较上面部分，抖动，把短草删去），每抖动一下，都会呼啦一声扑出一大片尘土，无数的尘土颗粒浓雾般笼着蔺草厂里一溜简易的工棚，遮天蔽日。我们跳着脚往里走，避开一摊一摊横流的污水。工人们清一色穿着蓝色粗布大褂，戴着厚的大口罩，眉毛、睫毛上像落了一场纷纷扬扬的雪，灰白一片……我们像在茫茫大雾中寻找母亲，常常在墙角找到她，她在一大捆一大捆堆叠起来的蔺草面前，瘦小得像一只麻雀。见我们进来，有时，母亲会远远地挥手让我们赶紧回家，不要在这儿逗留，说她马上下班了；有时母亲会迅速起身，领我们到蔺草厂门口的路上，她解开蓝色粗布大褂上的一粒扣子，从里面一件衣服口袋里掏出两个馒头，馒头裹在薄塑料袋里，袋口扎得紧，上面一粒尘灰都没沾到。我接过馒头，热乎乎的。馒头是下午时分有人骑着脚踏车送来搁后座上卖的。超强度的体力活让厂里工人们饥肠辘辘，他们一哄而上买包子馒头当点心充饥。有时，母亲也顺带买两个，但都是留给我和妹妹的，她自己一口都不曾吃过。

有没有零食吃，似乎不是一件顶要紧的事，至少那不会让人悲伤。

难过的是大年夜。家家户户张扬着欢愉，不幸的家庭就深陷于更大的不幸。

命运的惨淡同样落到餐桌上，清贫简陋的年夜饭与其说伤了我们的胃口，不如说伤了我们的自尊。新学期的作文课上，老师让同学们谈论年夜饭，我沉默不语，目光转向窗外，我们的年夜饭乏善可陈。但仍然不能避免被老师叫到，只好按照想象中的样子描述出一桌丰盛的饭菜，在这桌饭菜里，虚构的鸡鸭鱼肉散发着空洞的香气，仿佛在嘲笑我的虚荣。

事实上，我们的年夜饭极不起眼，常常是三四个小菜，并不因了特殊的日子，而增加额外的仪式感。母亲沉浸在对父亲的追念里，既无心也无更多的钱操办体面的年夜饭，但我们心里，对过年充满着热切的向往。我们期盼大年夜略有不同，只有略有不同或许才显得我们也和其他孩子那样，显得我们获得了生活给予的相似的馈赠。到很久以后，我才知道，这份热切的期盼并非因为贪吃，实则是对平等的向往。

有一年，母亲似乎意识到了我们的愿望，去菜场买了春卷、鹌鹑蛋、鸡翅、冬笋，还有一条宽大的带鱼。春卷是节日里母亲必做的菜，有春卷，意味着就是节日了。那条大带鱼令我们大开眼界，它确实很大，有我手掌那么宽，身上闪着银光。母亲几天前就将其拾掇好，挂在阳台背阴处风干，还在鱼身上抹了盐花，阳台上的铁栏杆被擦得锃亮，扎鱼的草绳勒得牢牢的。

带鱼上桌之前，那张坑坑洼洼、漆面剥落的小圆桌已显现出丰盛来：春卷焦黄，鹌鹑蛋晶莹洁白，冬笋雪菜汤清新可人……这些菜并不贵，但在寒冷冬夜，我们久违地觉出自己的生活也是可以有些色彩和滋味的。更重要的是那条大带鱼，正躺在母亲面前的锅里，躺在那台简易的以青砖垒砌的煤气灶上，吱吱吱叫唤着。寒风在窗外怒号，简陋的小屋里却是暖和的，一盏20瓦的灯泡下面，我和妹妹等待带鱼的上桌，等待一桌完整的菜，那是我们的年夜饭，我们的年终大餐。

往后余生，尝遍各样宴席，竟再没有哪一回，如那个冬夜般令人心怀暖融融的满足和期待。

带鱼上桌了，那么宽，只是两截，就占去一整个盘子。菜籽油炸出来的带鱼金黄金黄的，香气热烈。我们神情敬畏地望着带鱼，等母亲解下围裙，一道坐到餐桌上。

可你绝对想象不到，那条带鱼味道平平，肉质粗糙松懈，骨骼粗大，口感远没有之前以为的那般令人向往。第二天问了邻居，才知道那是外洋带鱼，母亲被卖鱼的给蒙了，他说个子越大的带鱼味道越好，纯属误导。

不过味道本身是次要的，那条外洋游来的带鱼，在那年隆冬带来的喜悦无可替代。

六

初三那年，我一周15元伙食费，对付完学校五天中餐，余下两三个硬币，被我攒起来买硬面笔记本或文学杂志。

临近中考的五月，夏天来得格外殷勤，到了下旬，温度已攀上高梯，迟迟不肯下来。窗外蝉鸣阵阵，教室里两台吊扇吱嘎吱嘎马不停蹄，电扇下，一群少年在讲义和教辅书的包围中，困兽犹斗。

在这般酷热和压抑中，少年们神情疲敝，连书包掉地上都懒得拾起。他们最爱往学校小卖部跑，紫雪糕、大脚板、小牛奶……形形色色的棒冰逗引着少年们。一下课，小卖部门前人头攒动，为防踩踏，小卖部干脆将一台大冷柜推到门口，冷柜被围得水泄不通，棒冰拆出后的包装纸杂沓纷飞。

到了下午，每堂课下课，班里都会有人踩着铃声冲出去，回来时手上都支着棒冰，更有甚者，嘴里一根在路上吮去大半，手上还握着一根待拆的。

风扇呼啦呼啦有气无力地转着，十五六岁的少年们横七竖八地斜倚着吃棒冰，有人一边吃一边和同学说话，冰棒上的奶油冷不防滴到裤子上；有人斜靠着椅子，面无表情，目光松散，仿佛此刻他只和嘴里的冰冷奇寒之物交流；有人吃得花哨，若松鼠啃玉米，将棒冰转动着一小口一小口咬……教室恍惚中成了冷饮摊，氤氲起一层薄薄的冷气。

只有一个人很少买棒冰，同桌去小卖部，偶尔会喊他，他说："我不太喜欢棒冰。"他说这句话，声音起初是响的，说到"棒冰"两字语调降了下来，他左手插在裤袋里，那儿正躺着两枚硬币，他用手指捻动着那两枚硬币。

这个人就是我，我并不是不爱吃棒冰，而是裤袋里几枚可怜的硬币确乎支持不了一下课就去买棒冰。就是那几枚硬币，也早已一一安排了用途，一个本子，一本书，都比棒冰更吸引我。

吃不到棒冰不足以令人难受，但所有人都吃棒冰，你手里没有棒冰是令人难受的。那年五月，我被这样的难受包围了。每到下课，我就开始低头沉思，翻书，写作业，试图专注于自我，而周围响着一片吮吸棒冰的声音，我集中不了注意力，又必须装作注意力集中的样子。我总不能也和他们一样谈笑，一样说话，他们谈笑说话时，人人手里拿着棒冰，那棒冰仿佛不是食品，而是一种道具，舞台上人人有的道具，只有我两手空空，这样的话我似乎又谈不了笑不了了。好比所有演员盛装参演，只有一个穷小子，穿着土布衣裳站在聚光灯下，何等尴尬。

我被这样的尴尬围绕着，挠抓着，牵制着，脸上一派平常，心里翻江倒海。

直到一天下午，体育课后，教室里照样充斥着各种棒冰的味道，我佯装窝在座位上看书，佯装被书里情节深深吸引，我皱紧眉头，沉思默想……一支棒冰伸到书前，并非书里长出来的，我抬起头，目光移动，转到左上方，那儿现出一张老实巴交的脸，鼻子上支着一副厚如啤酒瓶底的眼镜——杨甬！他嘴里含着棒冰，右手木头手臂般朝我伸着。我有点惊诧，杨甬这是？"别人让我带的。"杨甬轻描淡写。我接过棒冰，没有再问，心里即刻想到，杨甬大概觉得是我让人代买棒冰，那人又让他先捎回吧。我悄然地拆开包装纸，心里紧锣密鼓地猜测着：是谁买的棒冰？清凉一口接一口地沁入喉咙，我始终没能想出一个对得上号的人。

　　过了两天，仍然是个骄阳似火的闷热下午，还是课间。杨甬又递过来一支棒冰，我以为这次他会说些什么，但他一句话也没有，只是透过厚的镜片，以眼神交代："别人让我带的。"这位是班上最木讷最老实巴交的男生，一只十足的闷葫芦。我很想向他一探究竟，又觉得切不可和他说太多，他毕竟是唯一知情人。

　　只好不问，只好继续猜测，只好让棒冰的清凉和甜意丝丝入扣地征服味蕾。

　　第二个星期，一节体育课后，另一位同学递来棒冰，不过这位照例面无表情，照例递好棒冰后，一屁股坐回座位安定从容地吃自己的去了。

　　第三个星期，体育课后，照例收到棒冰，只有一点是相同的，这些棒冰都来自敦厚老实的男生之手。我还未弄清楚棒冰的真正来处，心里似乎平静了，骄傲和自卑都暂且搁到一边，只是吃棒冰时为让自己心安理得，会隐隐地提醒自己，总有一天要把棒冰的钱给还了。

　　这件事持续了一个月，中考前两天，才弄明白棒冰来自前桌的女生，没想到她竟将这件事隐藏得这般巧妙，班上没有一个人谈及，每一次我吃的棒冰似乎都是我自己让人捎带的。

我们谈论过考试，谈论过数学题，也谈论过未来，却从没谈及棒冰，一直到中学毕业，一直到去了新的学校，一直到再也认不出彼此，都未谈及。

这件事似乎没有发生过。

可那年夏天的棒冰显然巧妙地照顾了一个男孩脆弱的自尊。

核桃酥

五十多年后的初冬，茶香坐在下午的冬阳里和我讲起这个久远的故事，我还能在她的眼里见到儿时留下的遗憾。茶香是我母亲，今年六十一岁。

"带着小姐妹去，一定能在爷爷那儿要到几块核桃酥。"茶香心里起这个念时，正是八岁的小姑娘。

那天午后，一群孩子收起皮筋，准备各自回家。茶香将比自己年长几岁的彩凤拉到角落，附在她耳边悄声说："先别走，待会儿去吃好吃的。"

彩凤就留下了，默默贴在墙角，那儿有一遛阳光斜进来，她跳进阳光打出的方格子里，阳光落到脚面，鞋子变成亮亮的金色，她轻轻一跃，将脚移开去，阳光的格子重新合拢，她再次将脚探进去……短暂空档里，彩凤兀自和阳光玩起了游戏。

小伙伴们一哄而散，茶香上去拉起彩凤的手，离了老屋天井。她们走到黄泥小路上，朝后村去，茶香的祖父家挤在后村一片灰瓦泥墙间。两个小女孩手牵着手，一个个子高些，一个矮一截，她们走几步，双脚向上跳一下。

那天下午，茶香兴高采烈，她得到一件心仪的礼物。就在跳皮筋之前，她看到彩凤头上扎着一条蓝莹莹的头绳，心思一下子被这条头绳捉住了。她只见过红的头绳，黑的头绳，绿的头绳，从未见过一条湖水般的丝带状头绳。这种蓝像什么呢？茶香一下子说不上来，总觉得遇到过的，反复想了好一会儿，眼前浮现出饼干盒上的孔雀来，并不是自家饼干盒，是村里其他孩子家的，茶香家里已有了三个弟妹，往后还有四个来呢，饭都常吃不饱，哪儿来饼干吃？

茶香的眼睛一直追着彩凤发上那条蓝莹莹的头绳，彩凤双脚灵巧地勾动皮筋，像试探水面的蜻蜓，马尾辫在脑后一甩一甩，一只蓝蝴蝶附着在彩凤的黑发上，轻盈欲飞。

等到跳皮筋间歇，八岁的茶香向十三岁的彩凤表达了对其头绳的赞美，一边赞美一边用手触摸头绳。没想到，彩凤二话没说，一只手拢向脑后，另一只手熟络地将头绳解了下来，用那条蓝头绳给茶香重新绑了头发，随后，将从茶香头上取下来的黑皮筋扎到自己马尾辫上。还没等茶香完全明白过来，彩凤已做完了这一切，看着她笑了起来。彩凤脸圆圆的，笑容也圆圆的。

茶香觉得自己的头发已不是头发了，而是一束有香气的花，每走一步，发上的蝴蝶想必也会轻轻跟着跳动一下。她们脚步轻快，没多一会儿就到了祖父家。

房门虚掩着，茶香的脚步慢了下来，怯怯地去推那扇老木门，吭啷一声响。

门推开来，下午的光捷足先登，一下子扑了进去。祖母正坐在堂屋里纳鞋底，堂屋又黑又高，益发显出祖母的瘦小来。茶香回头以目光招呼彩凤，和祖母说："奶奶，彩凤来了。彩凤把最最好看的头绳送给我了，奶奶你看。"祖母放了手中的鞋底，欠了欠身，伸出手，像要抚摸茶香头发的样子，笑着说好看。祖母笑得很轻浅，这是祖母惯常的样子，她很少笑，只有见到孩子，脸上才露出一些轻松的迹象。

"爷爷在吗?"茶香问祖母。

"……对门去了吧。"

"奶奶，我带彩凤来，想给她尝尝爷爷从城里买的核桃酥。"

祖母便不说话了，脸上现出了尴尬的笑。

茶香似乎想起母亲说过，祖母做不了核桃酥的主，核桃酥都是祖父自己吃，要么就给二婶吃。有一回，祖父和茶香的父亲，还有二婶，一道去外地办事，祖父拐进食品商店买好核桃酥，先递给二婶两块，自己吃两块。祖父似乎没看到近在咫尺的儿子，他将茶香的父亲完全忽略了。

八岁的茶香自然不明白个中缘由，只知道在祖父心情好的日子去他家，祖父偶尔会站上那张又老又黑的方凳，从高高的五斗橱顶上取下饼干盒，搁在膝头，用指甲掀开圆圆的盒盖，取出两块核桃酥放在她手中。但这样的机会并不多，祖父通常不苟言笑，个子矮，瘦得像一棵落了叶的酸枣树，眼睛小，目光却刁钻，凿子一般。大家都怕祖父，父亲怕他，祖母怕他，叔叔们怕他，孩子们也怕他。据说祖父是地主的儿子，以前住在临海县城，后来赶上运动，地主被批斗了，祖父一家就逃难，家里整箱的银圆也来不及带出，只好撒在屋顶上，也被红卫兵发现了。从此祖父就躲到山里，成了种地的农民。

祖父和一般的农民不一样，除了地不太种得好，除了游手好闲，还喜欢吃零食——这是一般农民不具备的嗜好，祖父家里有一排饼干盒呢。据说只有上海人的家里才会有很多很多饼干盒，起初茶香他们还怀疑祖父以前是上海人。祖父吃零食，吃法也和一般人不同，一般人都是给老婆孩子留零食，祖父不是，买的零食自己吃。他既不抽烟也不吃酒，饼干啊、核桃酥啊、瓜子啊、花生啊，就相当于他的烟酒了。孩子们是否能得到核桃酥，都要取决于祖父的心情。

只是那一次，茶香得到了蓝色的丝带头绳，激动过了头，似乎忘记了祖父的脾气，她想当然以为祖父也该是兴高采烈的。茶香问祖母："爷爷几时回来？"祖母说："也不晓得他的。有时候很快，有时候就不好说了，太阳落山才能回呢。"茶香听到后面半句话，心里就有点难过，好在祖母的前面半句话听上去挺让人开心。

祖母搬了张椅子，让彩凤坐着说话，彩凤就坐下了，她羞涩地说："奶奶，我不是来吃核桃酥的。"祖母尴尬地笑了笑，随后，重新拾起针线篮里的鞋底。

这当儿，茶香踅进了祖父卧室，迎面遇到那张老木床，目光随后移向离老木床五六步远的五斗橱顶上，室内光线昏暗，铁皮饼干盒静静立在那儿呢。茶香知道，其中一个里面装着核桃酥，祖父的饼干盒里，核桃酥似乎是吃不完的，似乎吃完了，又能重新生出来。

见到那个铁皮饼干盒，茶香适才略显不快的心情舒展许多。她又回到堂屋里，彩凤已起身离开竹椅，溜到后门去了，老屋门口立着一棵老树，一只黄背的鸟儿在枝丫间的光晕里跳跃，彩凤在看那只跳跃的鸟儿。茶香也站着看了会儿，鸟儿在阳光里，像金色丝线间滑动的梭子。但茶香心里又起了一阵焦灼，禁不住想，祖父什么时候回来呢？

门吱嘎一声，祖父回来了。祖父戴一顶灰色小帽，身着黑夹袄、黑裤，满是皱纹的脸像老树上的皮，见不出表情。

祖母看到祖父回来，下意识地将座椅往边里让了让。茶香那会儿正站在堂屋中间，就喊了一声"爷爷"，茶香想跟祖父介绍彩凤，可祖父连看都没看彩凤，径直走到里屋去了。

茶香并没有迈开脚追着祖父往里走，而是站在祖母面前，有些手足无措。祖母轻声说："死老头，准赌输了钱。"

茶香转头看看彩凤，眼睛里满是歉疚。彩凤却笑了，上前拉起茶香的手就往外拽。走到祖父家门口，彩凤跟茶香说："我们上山拔茅草根吧。"

她们跑到了不远处的小山坡上，下午的阳光落在身上暖暖的，也照亮了周围的树和草。彩凤和茶香都认得茅草根，揪着草叶，一使劲，一丛白茅草拔了出来，草根上带着潮湿的泥土。以手指抹去附着其上的泥，草根露了出来。彩凤挑出一根最长最胖的，用手指快速剥掉上面薄薄的包衣。茶香望着彩凤说："彩凤，你手指真好看。"彩凤笑笑，把剥好的茅草根塞到茶香嘴里。茶香嚼了几下，一股似有若无的甜弥漫开来。茶香心想茅草根真好吃，她已全然忘记了适才的不快。

那一天，茶香和彩凤在山坡上玩了好久，彩凤像亲姐姐一样，她懂得那么多，又那么温柔。

茶香没想到，那天下午，她牵着彩凤的手去祖父家，又牵着彩凤的手走到前门山上，竟会是最末一次。

当茶香再一次听到彩凤这个名字，是三天后，母亲在餐桌上说："彩凤没了。"

茶香似挨了当头一棍，握筷子的手僵在碗沿，过了好一会儿，才听到自己的哭声，嘴里一口饭再也咽不下去了。

茶香想去看看彩凤，但被家人拦下了，说彩凤的死属大凶，孩子切不可靠近。她只是在又一天清晨，听到喇叭和唢呐的声响，听到远远的自村边小路上传来的呜咽，彩凤永远地被唢呐声和呜咽带走了。

父亲和母亲的讲述让茶香在回忆里拼合了彩凤最后的故事，她仿佛清晰地见到了彩凤的死。

一个平淡无奇的早上，彩凤母亲去赶集。她并不常去赶集，事实上茶香所在的村庄，人们很少赶集，大家的衣食住行基本都是自己动手解决的。只有遇到真正要买的东西，才会去乡里的集市。

母亲一早跟弟弟交代，今天跟姐姐玩，妈去赶集，回来给你带好吃的。

弟弟喊着："我要核桃酥，我要核桃酥。"

走出门去的母亲，又跨进门来嘱咐了一声彩凤，要她好好照顾弟弟，又说："凤，你想带点什么吗？"

"没带的。"彩凤知道家里并没有余钱可以让她带点什么，"妈，就买点核桃酥，我也爱吃，最好买从城里进来的核桃酥。"

她妈转身就笑了："核桃酥不都是城里进来的？"

彩凤母亲赶集回来，已是下午。她一路走得急，麻布袋里的什物来回撞。家里就彩凤一个人在，弟弟去外面耍了。母亲从麻布袋里掏出核桃酥给彩凤，核桃酥用油纸包着，但或许路上颠簸，油纸一头已破开。母亲让彩凤吃，彩凤就选了那三块裸露在外的。

她吃第一块，说有气味，核桃酥的香尽管浓烈，但还是没能压住一股强烈的异味。异味未能阻挠向来晓事的彩凤，这是母亲整年中第一回买核桃酥回来给他们吃呢。她咬了一口，停了一会儿，努力地将那块核桃酥咽了下去。接着彩凤拿起第二块，这一块仍然有一股异味，仍然不好吃，但比之第一块，口舌稍稍能适应些了。

彩凤吃了三块，心里想着以前吃到的核桃酥滋味，这些露出来的核桃酥大概沾了什么，会不会油纸里面些的味道好点呢？她于是吃了第四块核桃酥，这一块似乎异味没先前那般浓烈了，那股奇奇怪怪的味道要淡一些。

就这样，四块核桃酥，让彩凤在十几分钟后倒在床上打滚，嘴里喊着："头痛，头痛，头要裂开了！"接着呕吐，腹泻，流涎，昏迷，呼吸麻痹……

家里人慌作一团，脚步杂沓，脸盆碰翻，灌肥皂水，惊呼，哀嚎……彩凤再不能听见，彩凤合上了眼，停止了呼吸，停止了心跳，彩凤死了。

彩凤家里人随即发现了核桃酥有问题，可核桃酥问题出在哪儿呢？核桃酥有毒吗？彩凤爹想起女人去赶集用的那个麻布袋，打开来检视，一股农药味冲了出来，一闻便知道这是甲胺磷，再看袋子里，甲胺磷的盖子破了，剧毒的液体已将麻布袋浸透了一角。

"该死的女人啊，愚蠢到家的女人，她竟然将甲胺磷和核桃酥放在了一块儿！"

彩凤爹在回过神来之后，一脚踹倒了他的婆娘，正是这没脑子的人，杀了自己的亲闺女。

他绝望地将那个麻布袋一把甩向院子，身体顺着墙摊了下来，像一团烂泥般散架了。

零食贫乏的年代，对零食的渴望竟是可以杀人的。

"若是当初在爷爷家让彩凤吃到了核桃酥，我心里一定不至于这么难过。我也想过，每年清明要买一盒核桃酥给彩凤。但又觉得她心里一定很怵这个东西，不能再让她见到了。"五十多年后的初冬，茶香坐在下午的冬阳里和我讲起这个久远的故事，我还能在她的眼里见到儿时留下的遗憾。

茶香是我母亲，今年六十一岁。

肉

真别小看几片肉。我们渴望并捍卫的可是童年生活里隆重热烈的部分，是一分口舌欢愉外的希冀，是贫瘠日子里喷香的一小段。

一

我说到"肉"，若没有前缀词加以特别指出，往往指代猪肉。我故乡的人们说到"肉"，也仅仅指代猪肉。早先，我们的小山村并没有其他五花八门的肉，大多数人对肉的向往，也仅仅指向猪肉，只有猪肉才是人们向往过后有机会落实到肚子里的。

你会说山里户户养着黄牛呢。对，可黄牛担负着干农活的职责，好比一个壮劳力，它们是山里人家劳作的帮手，山里人都不碰牛肉，如同不吃同类的肉。他们也不轻易打自家的牛，黄牛堪比兄弟子侄，一养十几年甚至几十年，这份情意渗透到主人家骨子里头去了。

小时候，我会跟着祖父下田，当然不是干活去，而是到田边捉蚂蚱玩。祖父牵一头牛犁田，牛走前头，祖父在后头把着犁铧。犁铧过处，水田里的土变得柔软无骨，浪花一样翻卷起来，乌黑透亮，带出一股子青草的味道。祖父和牛在田里来回耕作，默契无言。到中午，祖母踮着小脚，把午饭送来，常常是两个麦饼，祖父吃大个的，我吃小个的。牛已经歇息了，嚼着田边的青草，不时打一下响鼻。祖父大口咀嚼麦饼，喉结上下律动着，麦香味弥散在树荫下、草丛中，不一会儿，他已吃下大半个。他回头看看身旁老伙计，掰下一块麦饼来，吆喝一声，牛将头伸将过来，张嘴接住麦饼，津津有味地嚼起来。他们不说话，各自咀嚼，牛吃完那一小块麦饼，也并不继续留恋，似乎就很满足地又到一边吃草去了。

我也记得父母说的一个故事。我出生的那个冬夜，隔壁邻居家的小牛犊也出生了。从此，我的生命有了一种特别参照，我不断成长，带着好奇走向更远的世界，那头牛也不断长大，也在用好奇的目光打量着它途经的世界。时常地，路过邻居家牛栏，我都会去看看那头小牛。二十岁那年，回到久别的家乡，那是我最后一次见到那头牛，它已苍老了。我们在新铺了稻草的牛栏前相遇，那里光线暗淡，散发着暖烘烘的味道，老牛眼神疲惫温和。牛是山里人家的亲人，也是面朝黄土背朝天的宿命的一部分。

很多人家也养鸡，母鸡用来下蛋，公鸡呢，只在重大节日或贵客光临时宰杀一只。偶尔也有人家养几头山羊，也断不是用来吃的，山里人消受不了羊肉的膻味，一定是那户人家赖此作为重要的家庭收入，山羊最后总卖到我们无法知晓的地方去了。一圈兜下来，山里人的寻常日子里，猪肉便成为铁骨铮铮的硬菜。以至于很多孩子，长大后走出大山，他们的舌头和胃都不太能适应其他动物的肉。提起猪肉，大山里头的人们都会精神勃发，每个人都有厚厚一本书可以写的，几乎人人有一段难忘的食肉史。吃肉也是精神历程的一部分，直到今天，我们若在春节期间返回故乡，遇到乡亲们，他们最热情最好客最令人感动的话依然是那句："到我家吃肉吧！"他们说出这句话，语气里的那份豪壮，表情里的那份暖融融的情意，常常让我感动。

二

每家每户养一头猪。一开春，村民们就落市（赶集，浙东一带叫落市），领一头小猪回家，养在自家猪圈里。山里人家户户有猪圈，筑在屋舍邻近地方，成为家的延伸。养猪是新一年里开门后几件不多的紧要事之一，在黯淡生活里连接着美好的希冀。如果谁家没有养猪，大致是会招致左邻右舍的鄙夷不屑的。他们会说："这户人家，连口猪都没有。""这户人家，女人懒，连猪都养得那么瘦。"细细想来，养一头猪、养肥一头猪竟意味着家庭的体面。

待到腊月，家家户户杀猪，小山村里响着猪歇斯底里的嚎叫。但说实在的，这种声响不让人们觉得惨烈，并不是山村里的人没有仁慈心，实在是杀猪已经成为一份太大的渴念，这杀猪的声响恰似一声声节日来临的号角，在木屋和瓦舍间错落跌宕着。杀猪的时刻，意味着岑寂了一年的村庄马上要沸腾起来了。忙碌了整整一年的人们，心里对于幸福和富足的企盼都在这一刻得到落实，像久旱的峡谷，逐渐充溢起淙淙水声，水草的绿意长出了脚一样奔跑。接下来整一年，山里人的餐桌就仰仗这头新杀下的猪了。

杀猪之后，挨家挨户请吃杀猪饭。所谓杀猪饭，其实就是请吃刚刚杀好的猪肉，其中最重头的一道菜自然是现炒的肉块。山里人家待客，客不客气全看这道菜。儿时印象中，村里人家的杀猪饭，猪肉仿佛都是较着劲儿往大里切的，有些人家的肉切得方方正正，足有半块砖头大小，透着一股掷地有声的豪气。那时的肉真正好吃，还没上桌之前，我们就踮着脚在大灶前盼上了。灶里柴火烧得欢畅，火苗映红了烧火的父亲的脸，也映红了我们的脸。我们看不到锅里的肉，只看到母亲握着大铲子翻炒的手臂，锅边沿黝黑锃亮，猪肉在锅里发出嘶嘶嘶的响声，"只闻其声不见其人"，那种响声甚于所有评价，迷人至极，每一声都撩动着口舌的欲望。肉香与嘶嘶嘶的响声几乎同时冲了出来，肉香浓郁厚实，不绝如缕，似乎可以用手结结实实地抓住，口水在嘴巴里萌动，我不断听到咽口水的声音，一会儿是我在咽口水，一会儿是妹妹在咽口水。

肉终于上桌了，适才的热气还没散去，火将肉里的香和光泽唤醒了。橘黄色灯影里，每一块肉肥瘦分明，油光可鉴。一口下去，一股地道纯正的肉的味道，立即将我捉住，整个人为之一紧，随即一种轻微的晕眩感袭击了我。那时的肉真正就是有魔力的，让人欲罢不能！那时的人也真正单纯得很，只要吃上一块冒着热气的肉，似乎能将一年的艰辛和苦楚都抛之脑后，他们皱纹舒展的脸，抖落了生活的尘埃。

但我们不常能够这样地大口吃肉，一头猪身上的肉要维持一年光景，美味得像阳光一样分散到365个日子里，这叫生活。生活的节奏适宜小心翼翼，细水长流。一家人待客，造房，修土灶，扎棕绷……点点滴滴的情分，零零散散的活计，都需要肉去招待的。至于娶妻生子、婚丧嫁娶这类红白喜事更不必说了。基于一年中有这么多重要的日子和仪式需要应对，杀猪饭后，大部分猪肉会被腌制成腊肉封存到坛坛罐罐里，成为人们心头的念想，封存的腊肉好比大伙儿潜藏的安全感。

正月里，宴请新媳妇新女婿，那真是最隆重的大餐了。尽管食材匮乏，山里人还是凭借着"猪师兄"变幻出一桌花样来：光冷盘就有猪心、猪肝、猪肺、猪腰、猪耳朵、猪尾巴……热菜是红烧猪蹄、爆炒猪头肉、洋芋排骨汤、姜丝炒肉片……今天的你见到这样的食单是不是觉得很可以咧嘴一笑？二十世纪八十年代初期，一个深藏在大山里的村庄，它的物质生活和精神生活依然可怜巴巴捉襟见肘。

五六岁时，参加过一个亲戚的婚礼，迄今记得吃喜酒的情形。

那一回，餐桌上除了形式各样的猪肉，除了每一回喜酒都能吃到的豆腐、洋芋糕，竟然还有一盆河鲜。什么河鲜？炒螺蛳。这是从未有过的事，小山村有小溪围绕，但溪水过于清澈湍急，溪里几乎不长螺蛳。青黑的螺蛳上得桌来，一下子成为婚宴上的主角，吸引了所有目光。大家议论纷纷，一个生活经验"丰富"的老人家猜测："螺蛳的肉必定很鲜美！"经这么一说，早有人悄悄咽了口水。老人家亲自带头，伸开筷子夹螺蛳，螺蛳很滑，他颇用了一点力，夹了三次，才平举着筷子的头挑走两粒。不知道谁说，吃螺蛳，要用嘴巴嗫，轻轻一嗫，肉嗞溜一下出来了——那个说的人，自己却怎么嗫也嗫不出来。其他人也开始嗫，我听到耳畔响起一片吮吸声，但未见谁把螺蛳嗫出来。后来才知道那个夜晚的螺蛳没有割去"屁股"。生活经验"丰富"的老人家们说，螺蛳必定不是吸的，是要靠嘴咬破外面硬壳的。这样一来，刚才的嘶嘶声即刻又变成了咯咯咯的声响，几个老汉，用所剩无多的牙齿与螺蛳作着抗争，但小小螺蛳壳就是那么冥顽不化。大部分人摇头晃脑，噗一声将那一粒咬不开的螺蛳吐桌上了。

三

父母辈对肉的渴望，几十年后仍在回忆里拱动。

几个叔叔告诉我，他们年少时印象最深的一次吃肉是在一个同族表亲的婚礼上。祖父想着叔叔们已大半年未沾油水，就决定把三个儿子带去酒席现场。叔叔们在得知消息后陷入了热切等待，掰着指头一天天数着日子。时间过得出奇缓慢，原本是流畅的溪，那会儿竟成了盐水瓶里的点滴。每晚入睡前，叔叔们都会聊起即将到来的婚宴，仿佛自己要做新郎一般，其实，他们向往的只是肉。他们还打赌，赌这户人家的肉每块能切多大，有说半块砖大的，也有说拳头那么大的，也有说或许不会大，主人家平常并不见很大方……因了肉，三个男孩清寂贫穷的夜晚，竟然蓬勃着如许渴念。

祖父和叔叔们万万没想到，欢天喜地去吃酒，竟格外地遭人嫌弃了一场。倒不是主人家嫌弃，而是坐一桌吃酒的天顺爹不高兴了。天顺爹是村子里以自私出了名的人物，据说买了核桃酥私藏在饼干盒里头，束之于高阁，在月亮高悬夜深人静时分，再偷偷从五斗橱上方拿下来，悄悄吃两块。天顺爹那天看到我祖父带了三个面露饥色气势汹汹的儿子出现在酒桌旁，估计心里起了一股无名业火。天顺爹很来情绪，几近动怒了，这把怒火在叔叔们三十多年后的回忆里依然清晰地燃烧着。小叔告诉我，他们每夹一块肉，那老头都会怒目而视，再夹一块肉，再次怒目而视。总之，他白眼翻飞，因为气愤，每咀嚼一下，腮帮子都鼓动得特别厉害，仿佛已把几个蹭吃的小子也变成口中食物嚼了下去。

显然，祖父的三个儿子保持了良好的心理素质，对于天顺爹的怒火视而不见，或者说肉的诱惑和香味掩盖了白眼的责备，他们只管往嘴里塞肉，只管大快朵颐。肉散发出来的气息足够扑灭八竿子打不到的怒火。这样一来，吃大餐的夜晚，只剩天顺爹在怒火里难以平息，但他似乎又找不到敌人，为了面前迅速少下去的肉，他把自己气坏了，临走时，走路都有点踉跄，快迈不开步子了。

只是，酒桌上旗开得胜、大快朵颐的小叔，大概因了肉吃得太猛，习惯了粗茶淡饭的肠胃一下子适应不过来，回到家里即上吐下泻，那点肉竟全白吃了。

四

另一个故事是我自己的，肉同样不同凡响地存在于我的童年里。

那时我六岁，外祖父家造房子，外祖父一家生活拮据，那会儿好几个舅舅还都没找到媳妇，也没有自己的房子。赶上造房子这等大事，想必一分钱得掰成三瓣儿使的。当然，这些事年幼的我未曾了解。那一年，外祖父家年景尤其不好，养出来的猪又很瘦，等到造房子，几乎没什么肉剩下。母亲从我们家里背去两刀几十斤猪肉，即便这样还是杯水车薪。当然，师傅的餐桌上还得保证餐餐有肉，毕竟这等大事，谁也不敢怠慢师傅破坏规矩，否则给你横梁上、橡柱上、瓦片上动点手脚，那就得倒霉了。母亲想到一个办法：每回师傅们上桌，就把那盆肉端上去。他们吃完，临到自家人吃饭，赶紧把肉撤下来。一盆肉，一餐一餐加热，蜷曲起来了，肉皮已由浅红变成深褐。母亲就在这盆逐渐变少的肉里添加几片新肉进去，那作为门面的大菜，似乎总是新旧交替的，到后来，盆子里的油也越来越清亮了。每个中午，我都坐在高高的木楼梯上观望师傅们吃饭，期待他们的筷子不要频频伸向肉，期待他们伸向肉的筷子折回时只夹着一块小个子的肉。有那么几次，我忍不住想喊，你们别再夹肉了，我们还没吃呢。可等到我们上桌，母亲却急急撤下那盆肉，那新旧交替的肉，油光发亮，分外好看，深沉的油汁围绕着盆子中央的肉片，让肉生出了层次分明的阴影。

这件事令我沮丧，想不通为什么每当轮到自家人吃饭，就把面前的肉撤了。他们不会知道我期待了多少回，不会知道我在心里模拟了多少次。坐在楼梯上，我一遍遍想象：一上桌，就伸出筷子往饭碗里夹一块肥瘦相宜的肉。可那盆肉却在热切的想象中被急急撤下了。心里的失望积蓄成了一股怒意，终于有一天，我拒绝吃饭，妹妹也为此拒绝吃饭。或许妹妹那会儿还不明就里：哥哥为什么生这个气？但她具有一切行动向我看齐的良好觉悟。

我们为没吃到肉深感愤懑，并且认为这个肉还是我家拿去的，实在太说不过去了。那天中午，我和妹妹不但拒绝吃午饭，还作出一个重大决定：离开外公家，回邻村自己家去。看两个小孩相跟着走出门，舅舅阿姨都来劝，说了一堆好话。唯独母亲动了气，母亲说，让他们去吧！看有多大本事回去！

我和妹妹相跟着走出外公家老房子，转个弯，踏上一条黄泥小路，小路穿过一片茂密的竹林。不一会儿，我们进了竹林，光线明明灭灭，我心里才浮起一股莫可名状的不安。一路往前，走出竹林，再走过一片开阔的茶园，那儿横着一条水流湍急的溪，妹妹是断断走不过去的，我似乎也没办法背着她蹚过那溪。每回来外公家，都是爸妈背我们过来的。

但也不能这样停了步，母亲的话还在耳边响着呢，为了那一口肉，真是把自己逼到了进退两难的地步。不过我们越走越慢，越走越慢，这期间，妹妹在竹林里停下来，摘过两朵野花，追赶过一只红翅膀的蜻蜓。就在我们磨磨蹭蹭，一路逶迤前行时，舅舅的喊声远远传来，渐渐逼近。那一刻，我装作依然生气的样子，牵着妹妹的手，脚下的步履突然快了起来，心里却热切巴望着舅舅这个救兵跑得快些。

舅舅牵着我和妹妹的手往回走，我才惊觉刚刚走来的蜿蜒的黄泥路在斜阳下现出好看的身姿来。

过了段日子，据说我回到自己家，还向祖父告状了，说外公家连肉都不让我们吃。祖父呵呵呵地笑起来："你说别的我相信，你外公不让你吃肉，打死我都不信。"

你们真别小看几片肉。我们渴望并捍卫的可是童年生活里隆重热烈的部分，是一分口舌欢愉外的希冀，是贫瘠日子里喷香的一小段。

五

我们小小的心坚定地认识到一个真理：能带来肉的人是有本事的，好比一个乡村魔术师能变出一件奇妙的玩具。为了这缘由，我们这些小屁孩当时格外喜欢一个人——林伯。林伯是父亲堂兄，名字里带个"林"字，我们就这么称呼他。他住我家对门，仅隔一条几步宽的巷子，他家屋檐上的雨水还能滴到我家后门的青石上。

林伯是我们村出了名的传奇人物，他的出名不为别的，靠的是山村里独此一份的潦倒。确实，林伯是村里最为潦倒的人。我们的村庄很小，一百来户人家，三四百口人，大部分人都按照时令和世俗的秩序将生活梳理得井井有条。只有林伯例外，他是村里少数几个打了一辈子光棍的人。我用"一辈子"这个词尽管不是十分严谨，但基本合理——林伯依然健在，八十出头了，还孤身一人，接下来他的故事应该不会出现太大逆转了。

林伯的潦倒也不尽在他的打光棍，还在于他的日常：住宿，穿着，生活方式……打我记事起，就觉得林伯是村里最邋遢的人。怎么形容呢，他穿的衣服没有一件像样的，领子袖口破裂，满是污垢，有如漆匠的工作服，还带着一股子浓浓的霉味。他的鞋子，没有一双不是掉底的，以至于无论哪个季节，你都觉得林伯是趿拉着拖鞋的，黑乎乎的脚趾头随时能探身出来。他的脸上没有一天不是胡子拉碴的，每一天，面颊上都落着经年的灰尘。

　　林伯的传奇并不在于纯粹的潦倒和邋遢，而在于他的身世。他父亲的父亲曾是山村里最富有的人，林伯的一生颇有些家道中落、富贵末路之感。林伯真正印证了那句古老谚语——"富不过三代"，这大概是他成为传奇的最大原因。说林伯曾是有钱人的后代，作为孩子的我们一开始坚决不信，但母亲指着林伯的三层楼让我们看，我们不得不信了。林伯是村里唯一住着三层楼的人，他的房子也是村里唯一屋檐向四面翘起的房子。我们曾很多次潜到林伯黑漆漆的三层楼上偷猕猴桃，林伯经常在山上穿梭，采集各种野果回来，他将猕猴桃埋在米缸里，我们探身进去，像在鸡窝里掏鸡蛋一般，一个、两个、三个……撒腿就跑。跑回来后，打心眼儿里惊叹，林伯住的真是一栋结构繁复又极为华丽的建筑，尽管如今已然沦为乞丐的住所，但依然无法掩盖昔日的光彩。

林伯潦倒生活的一个明显例证就是对待肉的态度。林伯家是村里极少数不养猪的人家之一——当然，他一个人是不是能算一个家，也不好说。他吃了上顿没下顿，又要常常外出打短工，确乎没有精力顾好一头猪。不养猪并不表示林伯不爱吃肉，相反，林伯极爱吃肉，时常吃肉，林伯是村里唯一隔三岔五割了新鲜的肉来吃的人。除了杀猪的那些日子，我们村少有人吃新鲜的肉，大家吃的都是腊肉。

一比较，林伯的先进性就出来了，林伯时常端着饭碗串门，碗里时常趴着几片白花花的肉。这让邻居们心里很不是滋味，大家说："阿林啊，日子不是这么过的，你隔两天买肉吃，不能攒几个钱防防老吗？"听了这话，林伯嘿嘿地笑了。过两天他又割了一大块肉来，我们在自家的灶台旁，都能闻见他屋子里肉香耸动。母亲说："阿林不会烧肉，烧出来的肉白惨惨的，既不放葱，也不放生姜。这肉能吃啊？"但我们依然觉得林伯家的肉香具有魅惑的能力，时常弄得我们悄悄咽口水。还好还好，林伯很慷慨，高兴时，就会盛几片肉给我们。有时候是水煮肉，有时候是趴在一碗米面上的。他盛肉的碗真是很脏很脏，边沿的灰、里面的污垢历史悠久，直露露的毫不掩藏。但我和妹妹还是争抢着吃林伯端来的肉，一口咬下去，竟然感觉齿颊留香。说实在的，林伯煮的肉确有一股子说不出的鲜，是自家坛坛罐罐里的腊肉怎么都无法比拟的。

我们便常常期盼林伯买新杀的肉来，期盼他端着黑乎乎的碗进来，往我家灶台上一放，转身就走，只撂下一句话："肉，小孩吃!"

长大后，我常常想，林伯的本事在于他能时常吃到新杀下的肉。写到这儿，我无端地记起古人的两句话来："鸡猪鱼蒜，逢着便吃；生老病死，时至则行。"不用说，这话林伯肯定不知道。但大碗吃肉的林伯，从不攒钱的林伯，依然健在；而那些从不敢花钱买酒买肉吃的人，攒了一辈子钱，却纷纷先于林伯离开了人世。

药

一天里最宁静的时刻。母亲煎的药在青瓷杯里氤氲，临北的书房没有喧嚣，窗外的树在路灯下静默，笔记本电脑打开着，书架上的书齐整地列着队，花盆里万年青在生长。

一

我左手腕上一块疤由来已久，是父亲试验草药留下的纪念。

那会儿我五岁，一天，举着左手跟父亲说手腕处有些隐隐的酸胀。父亲捉住我的左手，像一个钟表匠捉住一只待修的腕表，盯住，翻过来翻过去看了一会儿，就带着我来到前门山下。

前门山是离我们最近的一座山，触手可及。它的阳坡，活泼俊朗，平日里一有空我们就往那儿跑，摘映山红，采覆盆子，钻稻草垛，俨然一片预留给童年的游戏场所。村民们依山开凿出错落有致的梯田，早春，紫云英弥漫；初夏，稻禾生长；深冬，白雪勾勒出晶莹的线条……每个时节都有景致。

父亲在田埂上拔了一把草下来，那些草开黄色小花，茎柔软，折断后有乳白色汁液流出。父亲将草捣烂，置于一块纱布上，再用医用胶带固定到我手腕处。做完这一切，他脸上现出满意的神情："过两天就没事了。"语气轻松而自信。

现在回想起来，手原本并没有事，只是一个孩子捕风捉影的"状况"。没来由的"药"敷下去后，倒真来事了。

第二日，左手手腕处出现一阵阵灼烧般的感觉，又烫又疼。父亲用行家的口气告诉我："这是正常反应。疼，说明皮肤下面藏着细菌，细菌像虫子，正被药控制住，它们试图挣脱呢。"这么一听，我觉得父亲言之有理，疼也变得不那么强烈了，心里竟生出一股菌虫被杀灭的窃喜来。

第三日上午，父亲又带我去那个田埂采药，还是那种带黄色小花的、茎里会流出乳白色汁液的植物，父亲说药效已用尽，得换新的。我倒霉的左手腕贴上了一块新纱布，这回我看见左手腕上的皮肉已现出溃疡，自然父亲也看到了，但他只是说："这药凶狠，可见是有效的。"为此我继续忍受了两日。

从用药开始，挨过去四天，到第五天，再也忍不住了，揭开纱布，左手腕上敷药的皮肉已溃烂，我嗷嗷叫着，母亲见状心疼不已，数落了父亲一通。父亲给伤口上了红霉素软膏，又给我注射了消炎的青霉素，折腾大半个月，溃烂才慢慢好转，但留下一块铜钱大小的疤痕，永不褪去。

二

父亲是医生，拿儿子的左手去试验一款新药，这种莽撞和勇气似乎值得原谅。但村里大部分人遵循着生活的古老训诫和法则，在用药这回事上，并不轻易僭越，那些古老的方式，有时看似荒唐，但确确实实是有效的。

我十六岁那年冬天，右手中指指甲旁起了倒刺，用力一扯，扯出一道微小的血口子。一开始也没怎么在意，那道口子疼了几日，未有好转迹象，倒是又肿又痛，尤其晚上，周遭一静，人躺进被窝后，就像有一把无形的钢锯在锯着指甲一侧的骨肉，一阵紧似一阵，几至彻夜难眠地步。那会儿，恰好姑姑自故乡来探亲，母亲果断决定让我跟姑姑回老家去，说这病指非得用村里的药才能治好。

我回到故乡，祖父当晚就去了村里一位熟谙草药的老先生家，描绘了手指症状。或许也不用怎么描绘，祖父端详我的手指，当即说出病因："生了'蛇头'。"这是我从未听说过的病症，祖父说："指甲旁这个裂开的口子就像'蛇眼'，必是'蛇头'无疑。"

祖父回来，手里多了一大把新鲜草药，我并不能叫出名字，但也不敢怀疑这一把青草蕴含的力量。果然，上草药后，当晚中指上的疼痛便平复些许，不再是拉锯般撕扯的生疼，而变为一阵一阵喑哑的疼。

第二天一早，祖父和祖母、姑姑商量，说昨晚的草药还得有个药引子，配合着药引子用，更有效。这药引子就怪异了——竟是虱子。上药前，先在创口上放三只虱子，再将药敷上面，用纱布裹住手指，这样才算完整的一服药。这事听着新鲜，我心里的疑问却是巨大的，活的虱子能待在手指的创口上一动不动？还好，祖父说是掐死的虱子。虱子这药引的作用究竟是什么呢？据说要用来叮咬"蛇眼"，"蛇眼"瞎了，"蛇头"必死。这可就是形而上的疗法了，类似于武侠人士所说的杀人诛心。不管信或不信，反正祖父他们要循例行事。

找虱子的任务自然落到姑姑身上。姑姑思索良久，这事有点为难了，到了二十世纪九十年代中期，村子里还有谁的头上养虱子呢？最后想到村里有个女孩，也是我孩提时一个伙伴的妹妹，说那姑娘最不爱干净，成天蓬头垢面，头上一蓬乱草，自然养着一群虱子的，这事全村人都知道。姑姑去与她家人一说，她家里人颇为震惊，惊叹一无是处的虱子竟能用来入药！自然爽利地答应了，当天就捉来三只。望着三只干瘪的虱子，我心里涌起了一股难以名状的滋味，但想到那些夜晚钻心的痛，也就忍了。

此后，姑姑每天到那姑娘头上捉三只虱子，贴到我手指红肿的创口上，再敷上捣烂的草药。不知是否因了虱子的加入以某种神秘的力量提升了药力，总之，这不知名的草，药效惊人，一周用下来，疼痛消失，红肿消退，手指竟大为好转了。

三

小山村里并没有医院，医院在乡里，要走上十几里地，即便近在咫尺，大家一般也不会去的。青山绿水怀抱的村庄，遍地草木，到处能找到治病的药。村里上年纪的人，大多不识字，但不妨碍他们认识那么多草木。与植物比邻而居的人们，是草木的兄弟姐妹，太熟悉草木的秉性了。一年四季，逢春而发，至冬而枯，热烈地开花，安静地结果。它们不言语，可村里人都懂，懂它们什么时候发芽什么时候抽穗，懂哪些可以吃哪些可以用哪些可以入药，懂它们的全部心思，知道谁性寒谁主热谁性温，就像知道家人的脾气一般。他们用自己的药治好了自己的病，他们一生里喝过的药汤比城里人一辈子喝过的牛奶还要多。

房前屋后，田头地脚，石头缝里，瓦楞上方，到处藏着药。溪上的菖蒲，水边的地衣，树上的果子，个个能入药。冬桑叶去燥清肺、平肝明目；白茅根补中益气、解中酒毒；木蓼治蛇伤，又治脚气肿痛；卷柏止咳逆、治脱肛、散淋结；马兰治打伤出血、水肿尿涩；柴胡治胸闷胀痛、经血不调……每一种植物都有着特别的能力，世间有多少种病，植物就有多大能耐。前人们无意间发现了这个秘密，或者也像我父亲那样不断尝试着一味又一味新药，发现其精准的疗效，而后又口耳相传下来，成为村庄里很多人的常识。

孩提时，我们也常生病，但并不惊慌，大自然的药房随处打开着。偶感风寒，麦冬、白茅根、冬桑叶就会出现在药谱上；而咳嗽呢，一般用枇杷叶，用小刷子刷去叶上绒毛，清水洗净，煎汤服下。

我喝过的印象最深的药还是治蛔虫病的苦楝汤。儿时常犯蛔虫病，母亲就到村口石桥边"取药"，用刀轻轻刮下几片树皮，回家后，将树皮煎成一大碗药汤。苦楝树皮汤汁呈浅青色，其苦难耐，这大概是我服过的药里最苦涩的一种。但每回喝，我都不抱怨，以一种英雄饮酒的姿态将一大碗药一饮而尽，为此赢得了"善喝苦药"的美名。母亲说，苦楝树是极少数不遭虫子的树，看来用它治蛔虫病有据可循。

苦楝的滋味在记忆里经久不散，以至于很多年后，它的苦还作为一种清晰的参照。例如女儿喝中药，用嘴抿了一小口，就开始捏鼻子嚷嚷："中药太苦了！"我就给她讲苦棟的事，我无法知道从言语的描述里，孩子是否体会到了那种苦。有一天，我们在公园里散步，忽然遇到了一棵苦棟树，我告诉孩子，这是爸爸小时候用它的树皮作药材的树，那味最苦的药，你记得吗？女儿穿过一丛灌木，努力地接近了那棵树，我让她用自己的手抚摸一下青青的树干，那一刻，对一棵树，我们的眼睛里同时充满了敬意。

　　我喜欢曾经村庄里的岁月，生活在自然里，人的天性保持得那么好，身体一旦有疾，大地里长出来的植物能轻易地帮助人渡过难关。我六岁时得过黄疸肝炎，尿色变黄，全身皆黄，都快成小金人了，症状很是吓人，父亲用自己的药都压不下去。家人便四处打听，说另一个遥远的山村里有一个老婆婆，用草药治疗黄疸肝炎是一绝。父亲便领着我翻越山路，再搭乘货车，再走平路……总算见到了那个老婆婆，七八十岁高龄，满头银丝，面庞红润，一脸慈祥，一点也不像医生，倒像一位远方的曾祖母。她也并不大动干戈，只是翻起我的眼皮看看，微笑着问了几句病症。回家时，父亲背回一大袋树皮、树根、草叶，一个月后，尿液清澈，皮肤变白，黄疸肝炎治好了。

　　到了我上学的年纪，我们离开了故乡，除了见不到青山，喝不到甘甜的水，于父母亲还有一个大的烦恼——不能轻易觅得熟悉的药了。只好让亲戚们采集些草药，带到城市里来。他们隔几年回老家探亲，都会背一袋"山货"出来。城里人见了难免觉得很好笑，真是山旮旯里的土人，那么远的路，跋山涉水，你们竟哼哧哼哧背一大袋草根树皮？父母当面不答，背后却笑了，笑城里人傻，不认得好东西，这才是大山给人最好的恩赐。

四

后来远离山村，母亲仍一直保留着旧习惯，用自己信赖的方式来护佑我的健康。

今年开始，每天早晨，我拎包出门，包里总会塞进四颗剥好的大核桃，核桃肉躺在干净透明的袋里，静而不语。前脚刚踏出家门，母亲的叮嘱就追到了后脚："核桃上午吃两颗，下午吃两颗。"可我依然时常忘记这事，一到办公室，埋首于文字堆，等探出头来，半日过去，两颗核桃还是静而不语躺皮包里。

仔细一想很不该，母亲把核桃敲碎，剥好，再装起来放入包里，一系列看似简单的动作，背后实在藏着一份苦心。四颗核桃于母亲来说，是给儿子配的四颗药。为此，我提醒自己一到单位就将核桃肉搁办公桌上的眼皮底下。

核桃是用来治胆结石的，前两年，我体检查出胆结石，这事成了母亲心头一个症结。医院的专家们告知胆结石很难用药治疗后，母亲开始到处寻找偏方，她固执地相信草木，相信民间的药。那些她无意间听来的经验，都一一记下。

有一回，遇到一位老家的阿婆，阿婆告诉她，有种草药对胆结石很是有效，自家儿子就是长期吃这种草药治好的结石。母亲去了阿婆那儿，拿了几棵新鲜的草来，以此为参照，到一个寺院的墙角边寻得了这种学名叫蟹壳草的植物。我有一回去母亲那儿吃饭，一踏入逼仄小院，就望见那个闲置的半个水缸大小的花盆里，种上了绿色小植物。小东西叶片呈圆形，周围带有锯齿，绿茸茸的，贴着泥土长，应该是爬藤类植物。母亲说，这就是蟹壳草，找了好久才找来的。我的眼前浮现出母亲骑一辆旧自行车在小镇上穿梭的身影，她在这个早已被高楼和商场包围的小城里东张西望，停停走走，神色可疑；看到墙角空地上一片茂密的野草，她快速地靠过去，脸上露出欣喜之色，她的旧自行车立在一旁，把斜长的影子投在阳光下。

隔些时日，又去母亲那吃饭，只见大花盆已被一群绿色的小圆叶占满了，像日本画家草间弥生笔下的小圆点那样密密麻麻不留缝隙，看着它们挨挨挤挤的样子，真是热闹好玩。又过些时日，蟹壳草探出花盆，许多小脑袋在微风和阳光里轻轻晃动着。足足两三个月，从初夏到仲秋又到深秋，花盆里的绿色满盈盈地溢了出来。

有一天，母亲将它们连根拔起，带到我家阳台上晾晒，说等干了就可以煎汤喝了。我站在阳台上心不在焉地捻起一茎草来，问母亲："这东西确定能治胆结石？并且确定无毒？待会儿把你儿子毒倒了怎么办？"本是一句玩笑话，却给母亲造成了很深的疑虑，她显得有点迟疑，或许想起了父亲当年在我手腕上试验的那款"新药"，她就没有把蟹壳草拿来煎药了，那一堆草药现在还晾在阳台上。可就为了这最终没有付诸实践的药，前前后后母亲交付了多少劳作与心思呢？

放弃蟹壳草后，改用金钱草。这药方并非母亲杜撰，也并非来自道听途说，这是漫长经验给出的一味药。母亲是下了决心的，否则不会把金钱草一袋一袋背回来，那都是药房里的中药原材料，一买就是好几斤装的一大袋。每天晚上，母亲煮饭时顺带着开始煎药，抓一把金钱草到炖锅里，用文火慢慢炖到九点半，再用那个豆青色的大瓷杯盛着送到我书房的写字台上。

母亲在我家的日子，每晚睡前，我都要喝一大杯深褐色的药汤。金钱草并不苦，倒是有一股醇厚的药香，这种药香素朴、沉静、内敛，并且有质地，能够在口鼻间停留好一会儿。我喜欢到了夜晚，书房里久久弥漫起一股人间草木的味道。这是一天里最宁静的时刻，有如白日的纷扰潮水一样消隐，鹅卵石滩上落下傍晚的暮光。母亲煎的药在青瓷杯里氤氲，临北的书房没有喧嚣，窗外的树在路灯里静默，笔记本电脑打开着，书架上的书齐整地列着队，花盆里万年青在生长。

又一天进入了尾声，这庸常无为的日子，最终在草药的气息里渐渐翻过去，没有牵肠挂肚的大事，便很好。

树

三月，梨树先吐露春的消息，黑乎乎的木屋旁，梨花飞白，像一支委婉的歌。每个人都听到了，从屋里跑出来看，看日头变长，云变白，天光一日日亮起。

一

　　那会儿祖父五十好几的样子，村里还时兴守山。守山，其实是守山上的树。树是村民们生计所系，遇到大事难事，就去山上砍一棵大的树卖掉。那个年代，人们没有更多挣钱路子，盗树伐树现象很普遍。树不像动物，碰见歹人，能撒开腿跑路。村民们只好联手组成一个个小队，于每天夜晚或早上天不亮时巡山——外村的盗树贼大多趁村庄沉睡时出动。

　　有一回轮到祖父守山，他照例五更一到就起床了，燃起一根松明，提上猎枪，一个人朝大山深处走去。山风劲道冷冽，祖父走过山路，一些最早醒来的鸟儿已在林中鸣叫，夜里下过露水，草叶湿漉漉的，林中笼着一层水汽。祖父先去了小队里其他人家的山林，好在一个小队里每户人家的山都紧连着，巡山的人于连片的林子穿过去就能顾到每个社员家的林地了。祖父穿过起伏的林地，走过一个山头又一个山头，高大的乔木静默不语。祖父并不觉得孤寂，他太熟悉树林的脾性了，知道这茂盛的无边的林子里藏着无数生命。在林子里穿梭，经过树身旁，听到风吹动树梢，一股温柔与满足流遍了祖父的心田。

　　待祖父走到自家林地，天光已亮，更多鸟儿加入合唱，鸣声四起，清晨的森林像一个打开的八音盒。走在自家林子里，祖父深深呼吸着清新的空气，他喜欢这份气息，喜欢看着自己的林子被晨曦唤醒，每一片叶子都自晨光里跳脱出来，显得精神抖擞。

祖父知道山头的每一处凹陷与起伏，知道自家山上有几棵大树。每棵树，都像他另一种意义上的家人。自他从他的父亲手里接管这片林子开始，祖父就已熟悉它们了。我们祖祖辈辈生活的山村里，每一代人接管林子时，都会被长辈告知这片林子的故事，那是一个家族履历不可分割的部分，要永久记忆的。而林子里的大树，则像重要的家族成员，会被长者隆重推介给后来的监护人。祖父闭着眼睛也能找到自家林子里的那些大树，他知道哪棵树在某一年遭遇过雷击，被劈掉半边身子，两年后，又重新活回来；他也知道哪棵树底部有一个巨大的瘤子，冠上有三个鸟巢。他甚至在餐桌上跟儿子们一一指出过每棵树的用途：有些树用来给儿子们造屋，做柱子和梁；有些树用来嫁女儿时打制家具；有一棵柏树——他没说，但确实于心里盘算过，百年后，或许就用它做寿材……祖父喜欢自己的林子，并不仅仅因为这些树关乎生计，还因为他和这些树之间有说不清道不明的感情。他知道，树从自己的祖父那儿交付给父亲，现在又从父亲那儿交付到他手中，这些树是这个家族里的老朋友。

祖父一如往常在林中穿行，一只小雀子倏然自远处灌木丛飞起，随即他听到了异样的响动——若有若无的吱嘎吱嘎声一阵接着一阵，像锯子在树干上拉动；过了会儿，又是斧子砍向木头的笃笃笃笃的沉闷声响。祖父停住了迈动的步子，侧起耳朵听，那个声音在不远处继续响着，祖父快速锁定了位置，提着猎枪，循声靠了过去。先弓起身子，在灌木丛后面观察了一下。这一看，心下一惊，一个贼正专心地在砍一棵高大的落叶松。心里的无名火蹿了出来，祖父端起猎枪，自灌木丛后跃出。偷树的贼几乎同时发现身后远远蹿出一个人，吓了一跳。但他略一转身，认出来人，大声喊："姨父，我是远房外甥，姨父，我是你远房外甥。别开枪！"

从战栗的喊声里，祖父应该辨认出了这个自称"外甥"的人，但他老人家丝毫不为所动，那一刻怒火战胜了理智。祖父扣动扳机，一颗子弹打进了"外甥"的小腿肚。随即，一阵痛苦的惊呼回响在清晨的森林里。祖父跑过去，先望了一眼那棵即将被放倒的树，再俯下身，扶住了他的远房"外甥"。

我不知道这个"外甥"的腿后来是否有大碍，土猎枪的威力应该比之54式步枪小许多。过段时间，就这次伤害，双方坐下来谈判交涉，"外甥"愤恨地说："我这样口口声声叫着姨父，你都能开枪？下得去手吗？"

祖父的愤恨一点也不亚于这个远房亲戚，厉声质问："你认得我是姨父，就不认得姨父家的树吗？我老祖宗交代下来的树，你就下得了手？"

祖父没想到，一生中唯一一次朝人开枪，竟因为一棵树。

二

我们村上了年纪的人都爱树，树下即门前，屋边即树旁，谁家门前屋后连棵树都没有，这户人家的主人要么懒，要么贫穷潦倒，总之上不得台面。在我生活过的山村里，森林里的树被纳入家庭财产范畴，而村庄里的树却有别于此。村庄里的树大多为前人根据个人喜好手植，那是日常的一种延伸和附属。说明白些，村庄里的树更显性格，它们折射出主人的好恶，不像原始林子里的树，成排连片生长，以群体的形象出现在人们面前。村庄里的树恰恰独立存在，它们并非都是高大的乔木，有时低矮的灌木也受欢迎，它们是无用之用，关乎人的精神所向。

祖父家西首有一棵植于黄泥坡中的桑树，自土坡中斜斜伸展出来，像一只振翅欲飞的绿色大鸟。多年以前祖母养蚕，也拿蚕丝换家庭开销的费用，这棵桑树是农事的补充，事关生计。但祖父家东首有一小片菜地，菜地旁有一棵桃树、一棵栗子树、一棵梨树，这三棵树就没有那么多现实担当了。

那些树大致是祖父建好房后，于别处物色来的，我不知道他是否设想过，还是仅仅遵照一种惯例：原始森林里生长乔木，村庄里的树就要承担一些甜美的事业。不过树们确实心领神会了。

三月，梨树先吐露春的消息，黑乎乎的木屋旁，梨花飞白，像一支委婉的歌。每个人都听到了，从屋里跑出来看，看日头变长，云变白，天光一日日亮起。旁边的桃树似乎也听到了，过了没多久，桃花接踵而至，一树桃红在细雨里摇曳。这让祖父的老木屋仿佛于鬓角簪了一朵粉嫩的花，显出些许羞涩与妩媚。唯独栗子树不同。如果说梨树和桃树是一对爱美的姐妹，栗子树则属于男性，像大哥，待崭新的时光将它自寒夜唤醒，便换上一身新衣，沉默内敛，不懂抒情，也没有小资情调，只是一个劲儿地生长。

它也长叶，也开花，但它的花开得低调，几乎不为人知。

八月，大概因为开花日期比梨树晚了些，一直为此耿耿于怀的桃树率先捧出自己的果实。祖父家的那棵桃树虚荣心盛，桃子算不得特别好吃，但当它将果子一个个挂上枝头，粉嫩的桃子还是令人禁不住流口水。随后梨也长好了，可以摘下来吃了。最晚的，照例是栗子树。栗子树似乎总是从容缓慢，深秋时节，你抬起头来，才见到枝头挂满了一个个刺儿球，那些刺儿球有的已开裂，内里露出褐色的栗子，一脸憨态。祖父和叔叔们用竹竿打栗子，我们拎着小竹篮将新下的栗子一个一捡起。等到栗子都打下来，大概有一坛的样子，祖母用碗将栗子分盛出来，这一碗给大伯家送去，那一碗给二叔家送去，这一碗给四叔家送去……新下的栗子埋在米饭里蒸熟，剥开来金黄金黄的，香气扑鼻，咬一口，粉里带些甜味。

这三棵树是生活额外的恩赐。这份恩赐，也同样由五花八门的树分给其他人家。有些人家于屋旁的墙脚随意栽两株月季，那月季年年长，逢开花，墙脚便有了一幅生气勃勃的工笔油彩。月季每日醒来，都会继续跃上墙面，这份美意显然越过了现实生计的层面。尽管并没有人刻意欣赏，倒是每日有鸡鸭自花下过，有牛羊自花前过，主人家也似乎只负责把花栽种在这儿，并没有人驻足观看，但看与不看，这月季都是事关审美层面的事。尽管或许主人家并不知道，但月季确乎已在他家屋旁创作了一幅彩色的小品。

比之月季这些小野树，比之祖父的桃、梨、栗子树，我们村最受宠的一棵树当数连发奶奶家小院里的牡丹。南方人或许会有疑问，牡丹不是草本植物吗？还能算树？这是未见过牡丹的人误解了，植物学字典里，关于牡丹是这么介绍的：牡丹，芍药科、芍药属植物，为多年生落叶灌木。牡丹尽管隶属芍药科，和芍药的区别在于牡丹为木本植物，芍药则是草本植物。这并非重点，重点还是说连发奶奶家的牡丹。连发是我们的小伙伴，天天在一块儿耍，即便这样，他奶奶的那棵牡丹我们也不是想见就能见到的。据连发说了，要见这棵牡丹，必须奶奶亲自在场，若私自将村里孩子带进去看，奶奶放过狠话，会用拐杖打断他的腿的。平常，连发奶奶家的院门也是紧紧锁住的，连发说，奶奶怕她的牡丹被猫狗伤到。

连发还是经不住我们几个小伙伴一次次请求，一天下午，带我们去看传说里的牡丹了。我们四个小孩走到门口时，听到连发奶奶正和人说话，心下想，来得真不是时候，奶奶家有客人呢。推门而入，却未见有别人，觉得诧异："奶奶，刚走到门口，听你在跟人说话，现在怎么剩你一个了，那人呢?"连发奶奶咧开嘴呵呵呵地笑起来，露出孤零零几颗门牙："哪有别人呢，我是跟小红说说话呢。"我们诧异小红是谁，连发在一旁用手指了指不远处一袭姹紫嫣红的身影，原来它就是小红。

"你们不会明白的，我一个人空闲下来，就会到小红对面跟它说说话，我妈跟它说过话，我奶奶跟它说过话，我奶奶的奶奶也跟它说过话，它听过那么多人话，早就能听懂我们说什么了。"

我们并不太明白连发奶奶的神神叨叨，即刻向牡丹围拢过去，它的美丽让起先叽叽喳喳的四个人突然住了嘴。那个春日下午正是它一年中的鼎盛时期，枝头举着几十个硕大的花朵，每一朵花都由无数花瓣层层簇拥着，聚集起一团一团锦绣，累累的花瓣中间，花蕊像金色的触须探伸出来。下午的光线为艳丽的花瓣镀上了一层柔和的色调，花平添了一份雍容与贵气。

同行的一个小伙伴禁不住问连发奶奶："这株牡丹好大啊，有多少年了?"

连发奶奶说："三百多岁了。"

"哇，三百多岁，比我爷爷的爷爷年纪还大！"

"奶奶，我们村只有这一棵牡丹，我爸说，我们这里平常不长牡丹的，为什么你的牡丹长得这么好？"

连发奶奶再次笑起来，露出三三两两孤零零的门牙："牡丹是有脾气的，跟一般树真不一样。一般树，你将它种好就得了；牡丹是要宠着的，就像有钱人家大小姐，需要人去疼着她，不是我们山里的野丫头，随便一放就能长大的。"

说到这里，我不禁想起连发作文里写过的事，说她奶奶多么宠爱她的树：大雨倾盆的时刻，奶奶会撑一顶黑色大雨伞，特意跑出来跟牡丹站一块儿，她怕太大的雨打伤花枝；隆冬赶上大雪天，奶奶又早早给牡丹穿上了"衣裳"，其实书上说，牡丹并不怕寒，但奶奶就是要把一件旧棉袄给捆在树干上。

"你们知道小红为什么长得这么好吗？"连发奶奶问我们。大家对视了几眼，并不能道出缘由。连发奶奶说："小红喜欢吃荤，我经常给它喝肉骨头汤，肉汤才让它越长越好了，你看，这花儿多俊，这红扑扑的脸蛋。"足见连发奶奶有多爱她的牡丹了，我们小时候要到过年才能盼到肉吃，盼到骨头汤喝的。

牡丹竟然喜欢吃香喝辣，它真是我们村最得宠的一棵树（如果牡丹确实算得一棵正儿八经的树的话），它是连发奶奶养的一只宠物。

三

除却牡丹，小山村里最被人喜欢的要数三棵古老的南方红豆杉，它们比连发奶奶的牡丹年岁更长。牡丹是连发奶奶的私人宠物，她一人爱着，不允许别人靠近和触碰，三棵红豆杉却是全村人共有的。

村里房屋错落于两条穿村而过的溪边，一条溪自西北面山里流出，一条溪自东面山里流出，到平缓处，两溪汇合为一，再向东南流去。一棵红豆杉位于祖父家门口斜对面的溪边，另两棵位于另一条溪畔，分别相隔四五十米光景。三棵红豆杉是村里个头最高的树，因此有理由相信它们看得最远。据说其树龄与村庄的年龄相仿，因此也有理由相信，它们知道村庄全部的秘密，那么多生死离合，悉数看在眼里，只是不说而已。

三棵红豆杉中，又数祖父家对面那棵最为不同。到夏天，它能结出可口的小果子，孩子们尤其爱它。我长大后才明白，能结果的是雌性红豆杉，另两棵则是雄性红豆杉。

小时候并不明白，前人们种三棵红豆杉有讲究，只有雌雄异株一道栽种，雌株红豆杉的花儿才得以完成授粉，结出果子来。这样一想，另一条溪边的两棵红豆杉是沉默的绅士，从不结果，只默默开出近乎不为人所知的小花来。殊不知，我们能吃到红豆杉果子，全仰仗两位默默无言的绅士。自然界的一切安排都透露着奇妙，这个村庄的祖先们是了解树的。

要等很多年，我才理解三棵红豆杉之间并非各不相干，它们有着一种不为人知的情意和交流，只有风，只有蜜蜂才知道，它们以花粉互相致意，并完成了奇妙的孕育。

更多时候，我们这些小屁孩只知道红豆杉的树荫下溪水流动，即便有大日头，也极凉快。我们最期盼夏日来临，到那时，祖父家对面的大红豆杉变魔术一般，在身上缀满小果子，这些小红果珊瑚珠大小，躲在长条形绿叶中，星星点点闪闪烁烁，格外惹人瞩目。树有四五层楼高，底部树干极其粗大，直到两层楼以上才有分叉，分叉上长出有绿叶的小枝丫，绿叶间才藏有诱人的红果子。我们既没有办法够到树上的绿枝丫，又没有办法攀爬那么巨大的树干，只好站在对岸的树下抬起头来仰望，看缀满红果子的绿枝丫在清风里摇动。有时下过雷雨，风雨仿佛知晓孩子心意，会将小红果一串一串打落下来。可是呀，树下溪边正是一片泥地，不远处还有一溜茅厕，一排牛栏，行人脚步杂沓，雨后，那片泥地捣糨糊一般，都于雨水里化开了。雨水打落的晶莹剔透的小红果子，就这样一串一串扎进泥地里，就不能拾起来吃了，只有少数几颗落在溪边的青草上，才会被拣起置于掌心。红色的果子透亮，底下还有一个小的口子，露出绿豆大小的黑色的籽，像一颗好奇的眼睛注视着你。放进嘴里，甜津津的，味道很是不错，这是我们童年难得遇见的几样小零食之一。

孩子们既吃不到果子，便常常到树下张望，一张望就觉得甚为不公平，人吃不到的东西，鸟雀们却常常来吃，它们轻悄悄落到树上，伸伸头就能啄到小红果。当然，一年里也会等来一场好运气，果子结得最密集的日子，村里小伙子里的爬树能手，会高调宣布，要上树摘红豆杉果子了。消息一经传开，孩子们飞奔而至，村庄本来就小，红豆杉位于村口桥边，稍有响动，村里人都知道了。大人孩子围拢来，静待一场大戏开锣。

身手矫捷的小伙子们已来到了河对岸的草籽田里，大树自那块田的角落长出来，凌空斜立于溪上。人们或坐在小石桥上，或站在溪这面的牛栏旁，或抬头仰望绿荫里的红果子，或大声冲对面喊："可以动手了，可以动手了！"只见精瘦的定飞往手掌心里吐了口唾沫，再将唾沫反复搓开，小个子的上林也往手掌心里吐了两口唾沫。上林第一个往上攀，但第一下手没有抓牢树干，嗖一下滑了下来，溪这边即刻响起了一片笑声。这当儿，定飞向上一蹿，手指鹰爪般牢牢钩住树干，两腿一蹬，身子往上蹿出一段距离，两腿再一蹬，又向上蹿出一段距离，没几下，他就攀过了粗大的树干底部，伸开右手，顺势挂向大树的第一个枝杈，再来个鹞子翻身，嚯一下就站到了那个树杈上，底下响起一片叫好声。

这片叫好声刺激了上林，他再次往掌心里吐了唾沫，向后退开半米，抬头打量了大树一番，轻巧地往前一冲，仿佛一只大壁虎吸在树干上，就这么吸附着树干，一点一点往上蹿去。没过多久，上林也触到了第一个枝杈，见上林上来，定飞伸出手拽住他，向上一拎，有如拎起一只猴子，上林跃了上去。

定飞和上林恍若两只灵巧的猴子在绿叶和枝杈间游走，看上去像在走钢丝一般。不一会儿便有一杈树枝落下来，底下的欢呼声顿时炸开了，眼疾手快的孩子率先跑过去拾起，那一杈绿叶间全是小红果，接着其他的孩子也跑过去，边摘边吃。可没吃一会儿，另一枝更大的枝杈落下来。孩子们瞬间弃了手中这一枝，扑过去抢夺那枝树杈……树上的人望见下面的热闹劲儿，备受鼓舞，他们纵身向上一跃，又攀到更高的枝头，底下人一片惊呼。一杈又一杈树枝自空中摇摇摆摆落下来，在场的每个人都尝到了小红果的滋味。

就在这当儿，不知道谁举着头朝树梢头喊了一声："定飞，你爹好像正朝这边来了！"又有人喊："上林，你爹也来了，手里还拿着锄头柄呢。"于是乎，树头的两只猴子，转眼间自树梢滑了下来。

他们下来后东张西望，哪有什么爹过来啊，只是哪个嚼舌头的唬人而已。

红豆杉不仅分小红果子给大伙儿吃，也像我们共有的亲人，不信问问从村里走出去的人，人人都会告诉你，每当重新看见红豆杉，才算回家了。

什么是故乡真正所在？你会说到老屋，说到山河，说到昔日伙伴，说到附着于人和物的回忆。但我一定要说到树，如果没有这三棵树，村庄将丧失一大半重要记忆。

四

连发奶奶的牡丹也好，祖父的桃树、梨树、栗子树也好，大伙儿共有的南方红豆杉也好，这些树沾染着人间的气息，平易近人。

我们村最"出世"的一群树，位于外村口。

如果由祖父家斜对面那棵大红豆杉出发向村外走，经过小石桥，再沿大鹅卵石铺就的小路与溪水一道往下行，五六分钟就到了外村口。清清的溪在那里折了个弯，溪弯上，右手边有座古老的土地庙，左手边有块大的空地，说是空地，其实是一片幽静的树林。四棵年岁久远的松树，三棵年岁久远的柏树。七棵树，个个高耸入云，出落得仙风道骨，不染凡尘。有的顶上似虬龙盘绕，有的枝杈若仙鹤展翅，有的树干皲裂，似穿山甲身上的鳞片，有的清癯而高挑，有的沉静而神秘……再看地上，巨大的树根由黑色的泥里拱出，根节错落、连缀，恰若扭动的蟒蛇。清晨和傍晚，树林里青雾浮起，恍然如梦。总之，它们才是这个山村里真正深不可测的"高人"。

不知何时起它们就守在村口土地庙旁了，庙虽小，却灵验，这些树，无端地让庙增添了威严和神圣。儿时胆小，每回从树下庙旁经过，心都莫名发颤，仿佛会有白衣飘飘的仙人自树头落下。

每年冬至、除夕，村里家家户户要到土地庙祭拜，来庙里祭祀的人，好些也会去祭树，在老松树下插三炷香，双手合十拜三拜……受过香火供养的树，愈发有了一股出尘之气。老树林位于入村的咽喉之地，先人们在此种植松柏，是期望这些树能挡住不测的风雨灾难吧。

七棵树是村中七个长老，对它们的尊奉体现着村民们对天地和神灵的敬畏和信仰。我们村一直流传着一个故事，故事里的人有名有姓，一年一年往下讲，就成了树的过往和履历。

传说在很久很久以前，那会儿，树早已如我后来见到的那样老了。有一天，一群抬着嫁妆的外姓人由山坳里出来，从我们村经过，前往新郎所在的另一个山村。抬嫁妆可不是轻松活，如果让你抬个锅碗瓢盆，倒还爽利；可抬那些大件家具，五斗橱啦，妆镜台啦，三门大橱啦，就是实打实的体力活了。嫁妆抬到村口树林里，队伍中的人走得乏了，提议就地修整，也好到溪里喝口水，洗把脸，再坐下抽根烟……

手里烟一点上，人群中的一个年轻人即刻想起随身带的炮仗。他从口袋里取出三个炮仗，顺手点燃一个，"嘭"，炮仗在老树林里炸开，接着他点了第二个。放了两个后，大概觉得不来劲，就在那当儿，看到面前一棵老松树，树干上拳头大的窟窿像一只黑乎乎的独眼正瞪着他。他慢悠悠站起身来，把手里剩下的那根炮仗搁进树洞，或许由于树洞太大，炮仗滑了下来。年轻人拾起炮仗来，看了看周围，老树林里格外幽静，人们横七竖八坐着，只有风在林子里穿过，传来一种不沾丝毫烟火气的响声。年轻人索性将手中炮仗点燃，引火索发出哧哧哧的声响，他顺手将炮仗丢进了树窟窿里，树的身体里传出一记沉闷的声响。这记声响竟让年轻人像顽劣的孩童般突然找到了一种乐趣，他该是觉得这样放炮仗不同寻常吧？好玩！

就在树洞里的炮仗炸响时，我们村有个老人恰好挑着担经过，老人放下担子，冲这个异姓的年轻人说："后生，炮仗不要乱放，这几棵树是我们老祖宗种下的，有灵性的，你这么做，对自己不好。"

听了老人的话，年轻人心下既觉扫兴又感不屑，不就放个炮仗吗？碍着你个糟老头了？

待老人走后，那个年轻人又朝另外的树洞里扔进去两个点燃的炮仗，才像解了恨似的跟他的搭档重新抬起嫁妆上路。

接嫁妆的队伍迤逦而行，离了老树林，沿石路走出不到半里，往树窟窿里扔炮仗的年轻人抬的矮柜，原本牢牢绑住的竹篾竟断裂了好几根，矮柜重重斜倒于路上，差点落到路边溪坑里去，还磕坏了一扇玻璃门，玻璃掉地上裂开了。就在抬矮柜的人停下后，队伍前方抬着另一口柜子的两人也中断了脚步，他们那头绑在柜子上的竹篾，也蹊跷地断裂了。

队伍再次停止了前进，起先，大家只是为突然绷断的竹篾感到疑惑，想着怎样解决难题好重新上路，总不能待会儿新娘都到那边了，嫁妆还没进新房吧。他们折腾了好久，总是无法将断开的竹篾重新利用起来。一群人急得团团转，后来到我们村里借了绳子，才重新上路。重新上路的时候，队伍里有人说了一句话："这树惹不得，朝树洞里放炮仗，恐触怒了庙里神灵。"马上有另一个声音响起："别多嘴多舌了，管自己赶路吧。"一时再无二话，一行人仓促地离开了我们村。

朝老松树窟窿里扔炮仗的年轻人，回到家第二天就病倒了。什么病呢？村里医生查不出，乡里大夫查不出，只好到县里去看，县里医生也看不出端倪。先是发热，继而胸腔不适，半年后嘴巴歪斜，下肢失去知觉，卧床不能动弹。怎么办呢？病还得接着看，这个年轻人的妻子、父母带着他四处求医，挨过两年时光，他依然卧床不起，病没有任何好转，全家人都觉到了深切的无望。

他们只好向民间巫师求教。巫师相了病人，做了一场"法"，留下一个线索："某年你在一个土地庙旁，触怒神灵，得把罪赎了。"巫师前脚一走，久病的年轻人就想起发生在我们村土地庙旁老树林里那件事。第二天，他的家人带上"大礼"，去巫师家请求指条明路，巫师遂告知："给土地庙捐两根栋梁吧……"

数日后，年轻人的父亲会同几个叔叔伯伯，去自家山里砍了两棵上好的大树，斫去枝杈，削去树皮，做成两根光滑的栋梁，恭恭敬敬送到庙里。同时，备下祭品，郑重地到土地庙祭拜致歉。

三个月后，卧床不起的年轻人歪裂的嘴能合拢了，下肢逐渐有了知觉；再过一个月，能站起来了；又过一个月，能在村里自如走动了……是大树做成的两根栋梁，让被冒犯的神灵最终原谅了这个冒失的年轻人。

这个故事在村中讲了很多年，以至于我们相信关于树的故事是村庄的重要部分，就像那小石桥、黄泥墙、南山的云彩一样。一直讲到这些老松树和老柏树被悉数砍去。过了许多年，我重回故乡，惊觉土地庙旁的老树消失了，原本树林旁溪里的步町，现在成了一座板桥。母亲告诉我，村里领导做主，将老树砍下来卖了，造了板桥，修了一条小水泥路……我说："他们不怕报应吗？"母亲说："造桥修路，不会的。"他们修的那是什么路啊！好好一条青石路，都被水泥覆盖了。

没有了这些仙风道骨的老树，我们村还是我们村吗？

去看飞机

总有孩子盯住天空，要么看变幻的云，要么看新近飞来的鸟，要么看雨和彩虹。孩子们总是山村里最先发现飞机的人，第一个孩子喊出一句『飞机』，第二个孩子也喊出一句『飞机』，一个村里总有好几个孩子在不同地点同时充满惊喜地喊出『飞机』。

夏日的午后，我们正站在门口屋檐下，风吹来，稻田漾起涟漪。

"飞机！快看，飞机！"顺着妹妹手指的方向，我仰起头，天空倾下一片瓦蓝，三三两两白云停落天幕。两朵云之间，我找到一架燕子般大小的飞机，它正从我们头顶上空掠过，双翼闪动银光，等它到达另一朵云的位置，便只有蜻蜓般大了，随后就成了一个逗点。

飞机消失后，我们仍然举着头，盯着天空注视了好一会儿，仿佛还会有另一架飞机出现。

小叔问我和妹妹："你们想去看看飞机吗？真正的飞机。"

这个问题我们一下子不敢回答，使劲定了定神，确定自己没有听错，往嗓子眼里咽了口唾沫，才说："想！"

那几年暑假，小叔自南方城市返乡，就会到我家中转。仿佛一个节日降临，小叔的到来让这个租来的家亮堂起来，他把外面的世界带到我们面前。他带来八十年代时兴的波纹面发型，带来南方椰树林里的风声，带来和青春相关的喇叭裤，带来英语——那会儿乡村孩子要到中学才接触英语，小叔嘴里的 English 就成了某种高级的象征。我们喜欢小叔，喜欢他口中的外面的世界，喜欢饶舌的英语。他用英语跟邻居姑娘讲解"咳嗽"和"牛"的区别：说有人感冒去看医生，将 cough(咳嗽) 发成了 cow（奶牛），医生问他你家奶牛怎么了？病人说难受得睡不着。医生又问，奶牛现在在哪儿？病人指着喉咙说，在这儿呢……笑话逗得那姑娘掩着嘴乐得花枝乱颤。小叔在的日子，嘴唇描画得红艳艳的姑娘便常常来我家。

"好，我们准备准备，明天就去看飞机，看真正的飞机。非常非常大！"

"真正的飞机到底多大？"

"三间房子那么大。"小叔肯定地回答我们，目光里没有犹疑。

"小叔，你见过真正的飞机吗？"

"当然见过，"小叔很肯定地回答我们，"飞机就停在飞机场里面，停在跑道上。"他那么说，让我们相信他看到的飞机是静止的，大概真的飞机确实是这样一个大小。

"飞机场停飞机的地方有遮挡吗？飞机不怕被雨淋？"

"飞机的跑道，那得有多宽？比学校操场大吧？"

"非常宽，也非常平坦。跑道上不允许有一颗小石子出现。"小叔说。

这倒稀罕，为什么不能有一颗小石子呢？小叔说，飞机轮子非常小，碰到一颗小石子就会打滑，那是很危险的。小叔又说，飞机不但不能碰到小石子，它在飞的过程中，哪怕撞到一只蜻蜓，机身上都会出现一个大洞。

那是我第一次得知飞机有轮子，我以为飞机是不需要轮子的。那也是我第一次得知飞机竟然会有自己的历险，如此坚固的东西还撞不过一只蜻蜓，坐在飞机里该有多提心吊胆？

小叔将我们拉回了现实："去看飞机，我们要有所准备。首先得带上点吃的，买三个面包，再让你妈煮几个鸡蛋，再带上一瓶水。"

要去看飞机，看真正的飞机！这件事令雀跃的心难以平静。在我们有限的人生经历里，对交通工具有过说不清道不明的迷恋，先是汽车，再是自行车，随后是火车，这些有轮子的东西都让出生在山村的孩子着迷。我小学二三年级那会儿，最爱用父亲诊所里的空药盒做汽车，以两根树枝给空药盒装上四个塑料药瓶盖，再用铅丝的结将其固定于药盒两侧，药盒就有了四个轮子；再于药盒前端钻个孔，牵一条线，一辆"车"就做成了。晴朗的傍晚，我拉着那辆简易小汽车在田边小路上奔跑，车在身后发出与地面摩擦时欢快的响声，但不多一会儿就侧翻了，赶紧停住，折返回去将车翻过来，再重新撒开腿。那时的乡村，田野铺展着一望无际的绿，晚风牧歌一般清爽，我借助那辆小小的车，在风声里带着童年奔跑。车没出几天就会散架，散架后重新做出一辆新的，乐此不疲。

更小时，我还在大山里，并没有一条平坦的路供一个孩子拖着小车奔跑。但我会做纸风车，将三条纸分别对折，穿插成一个简易草帽，顶在树枝上，飞跑起来，风车就呼啦呼啦转动。我时常有一种幻觉，认为是风车的转动与牵引，才令自己奔跑得那么快，我听到呼呼的风声，相信自己终有一天能飞起来。

外祖父村里有个哑巴，起床后第一件事就是跑步到五公里外的乡里看大客车。哑巴看汽车是顶勤快的，天蒙蒙亮就起来。我们住外公家，还躺床上睡觉呢，冬天那么冷，我心里想着，起床后让舅舅去屋檐下折一根冰凌，就听到外面脚步擂鼓一般咚咚响。躺在一旁的大人迷迷糊糊地告诉我："那是哑巴呢，到乡里看汽车了。"

哑巴几乎马不停蹄一路狂奔至乡里。大客车就停在路边，敞着车门，等待进城的人们。哑巴默默靠近，又隔开些许距离，羡慕地看着一个又一个人走进去。待到那趟唯一的浑身落满泥巴的班车塞满乘客，发动引擎，并从屁股里吐出一股黑烟，摇摇晃晃向着林中的晨曦驶去，他才满足地用手拉拉外套下摆，重新往家奔跑。哑巴人高马大，跑动起来嘴里呼呼呼喷着粗气，像一辆发动的车。

究其原因，我想，交通工具代表着出发，代表着另外一些没有边界的事物，小山村里的人从早到晚都未走出大山的掌心，他们向往未知和出发。

没来这座平原城市之前，我们生活的山村里还没有电视，人们在现实中极少见到汽车，从未见过火车，即便下了山进了城，也没有火车。只在游戏里，孩子们相互手搭肩膀，连成长龙，嘴里发出火车开动声，咔嚓咔嚓，咔嚓咔嚓。

飞机则不同，绝不能称为一般交通工具，它是一只神秘的大鸟，时常飞临想象的天空。极偶尔地，飞机遥远的身影会在小山村里惊鸿一现，不知道为什么，从小山村飞过的飞机都高高在上，小得你不盯着天空发呆，眼睛根本捕捉不到。后来大人告诉我们，飞过我们头顶的飞机是给森林播撒种子的。

总有孩子会盯住天空，要么看变幻的云，要么看新近飞来的鸟，要么看雨和彩虹。孩子们总是山村里最先发现飞机的人，第一个孩子喊出一句"飞机"，接着第二个孩子也喊出一句"飞机",我想一个村里总有好几个孩子在不同地点同时充满惊喜地喊出"飞机"。孩子们开始在青石路上追着飞机跑,青石路倾斜,飞机越来越小,小到隐入云霞深处。一群孩子相继停下来,飞机不见了,天空中留下一道云的划痕,孩子们盯着那一线银亮的痕迹气喘吁吁。

那天晚上,合了眼,一些疑问不断盘旋在我脑海里。我们可以进入跑道看看飞机吗?我们可以用手摸摸飞机吗?或者拍拍飞机的翅膀。据老师说,用来制作飞机的金属又轻又坚固,稀有得很。如果那个机长特别好心,他会让我们进到驾驶室一睹究竟吗?

待到这些绕来绕去的问题像黑夜里的萤火一般逐渐散去,梦境铺开一片空地,一架大飞机出现了。它远远地停落在跑道上,极其巨大,我们飞快地朝它奔去,跑到它面前,却找不到进入飞机肚子的门。我们一直耐住性子等着,等飞机张开大口,把我们吞进它的大肚子。但飞机非但没张开大口,还兀自向后跑去,越来越快,越来越远。

有那么片刻,我竟然坐进了飞机。飞机上的视野好开阔啊,低下头来,脚底下却是空空荡荡的,风呼呼疾驰着,一片又一片黑瓦的屋顶在移动,许多人抬着头惊叹飞机离他们那么近,小河像飘带一样落向远方……飞机似乎很顽皮，一会儿飞高，一会儿又从一片树梢唰一下擦过去……我想伸手摸摸座椅靠背，可摸来摸去，就是摸不到，我用力将手往下伸，又朝后摸去，座椅似乎并不存在。我捉到一团软软的湿漉漉的东西，拿到面前一看，是一朵白云，这朵云可不一般，有鼻子有眼，还能张开嘴笑，笑起来露出白亮亮的牙齿。紧接着，云越聚越多，越聚越多，我已经看不到飞机了，我坐在了云端，飞机呢？飞机呢？

我度过了一个特别长的与飞机相关的夜。

第二天总算来了，母亲拿出一个装着食物的塑料袋，里面有三个面包，六个水煮蛋，一瓶水，一袋小店里买来的鸡蛋糕。我们将塑料袋放在自行车前篮筐里。

那是一辆上了年纪的26寸黑色永久牌自行车，看上去黯淡无光，但有什么关系？这一天，它将成为功臣，载着我们到达飞机跟前。没有它，我们什么都办不了。

我推出自行车站在门口，轻轻拨动车铃，丁零丁零，这是出发前欢快的信号。当然自行车得小叔骑，小叔踮着脚控住车，将妹妹拎上车前横档，我也随即跨上车后座。他轻轻发力，嘴里一声"嗨呦"，自行车转动起来，沿着乡间的机耕路往前跑。

晨光流动，田野一字排开，稻叶上露珠晶亮。自行车朝南行驶，机耕路上满铺着小石子，自行车很颠，但这颠簸好比一首曲子欢快的节奏。我们穿过很多田野，田野和田野之间横亘着一个又一个村庄，东王、李家弄、泥桥头。就在自行车经过泥桥头的机耕路时，我看到一个穿着白裙子的女孩和她的妈妈一起推着车在路边走，我们的自行车渐渐靠近她们，这不是我们班成绩最好、长得最漂亮的女孩吗？我能听到自己的心怦怦跳动的声音，有那么一瞬间，我好想让自行车停下来，好想告诉那个穿白裙子的女同学，我们要去看飞机了！显然小叔并不知道我这番念头，自行车就这样驶过了女同学和她妈妈，我假装在专注地看另一边的田野。

渐渐地，自行车走完了熟悉的村庄：布政、鹅颈村、俞家……驶入平常足迹未曾到达过的地方。

根据飞机的起落判断，机场在南面不远处，位于相邻的小镇。当然我们也知道机场所在地的名字，那儿叫栎社。每骑过一个村庄，自行车都要停下来休息一会儿，顺带问路。起先小叔自己问："你好，栎社怎么走？"一个农民模样的老大爷有气无力地将手一抬："往南骑……"我心里对他的指点方式很是不认同，觉得他应该情绪饱满地告诉我们栎社在哪儿，毕竟栎社不是一般的地方，那儿可是有很多很多飞机的，再说他也不应该那样毫无热情地帮着指路，我们可是要去看飞机的。

接下来，小叔要我们兄妹俩去问路，他告诉我们挑那些面相和善的人问，问之前要有个称呼。我们便学着小叔的样子："爷爷，栎社怎么走?""阿姨，栎社怎么走?"经人们多次指点，自行车渐渐驶入去栎社的田间小路。当我们最后一次问"栎社怎么走"的时候，有个当地人笑着说："这儿就是栎社。"

放眼一望，低矮的村庄散落着，周边田野一望无垠，跟我们来的那个村庄并无二样。"飞机呢? 飞机在哪儿? "我们终于忍不住说出了心里迫切的疑问，"请问飞机场怎么走? 飞机场在哪儿呢? ""飞机场啊，还得往南走，还有一段路呢。"

自行车继续摇摇晃晃开动起来，速度明显没有先前快了，耳边的风也变得很小，仿佛在挠痒痒，知了撕开了嗓子……幸好早上的大太阳此刻不知躲哪儿去了，否则我们可真要热坏了。

自行车吱吱呀呀往前行进，稻子摇曳着挤压过来，突然，面前的路不见了，出现了一条宽阔的河。显然这是一条走不通的路。小叔看看表，已过了十二点了，"孩子们，暂停行军，先用餐，吃了午饭再去看飞机。"我们在河边草地上坐下来，先分着吃豆沙面包，面包很油，里面的豆沙扁扁地躲在角落，接着又各自吃了两个鸡蛋。午后的风吹来，吹干了身上的汗，凉凉的。河水静默流淌，只有知了的叫声此起彼落。

"小叔，我们能找到飞机场吗?"

"肯定能找到，我们已经到了飞机场的领地了。"小叔用右手的食指顶了顶鼻梁上的眼镜，随后起身到自行车前，从车篮里取了一张报纸，重新坐到草地上，没过多久，小叔就叠了一个纸飞机。小叔说："看，飞机。"我们暂时忘却了整个上午以来的一无所获，在河边草地上扔纸飞机玩。我从这头扔过去，纸飞机在低空里滑行了一会儿，缓缓落到草地上。妹妹跑过去捡起来，纸飞机又朝我们坐着的方向飞来。就这样，纸飞机来回飞，直到有一次，我将它送出去的时候，它改变了方向，朝河飞去，不偏不倚落进了水中。

又重新上路了，从那条河边小路上退出来，找到了一座桥，过了那条河。小叔交代了一件重要的事："待会儿我们到了机场，机场一定会有警察守卫，你们俩就上前去和警察叔叔说几句好话，这样警察叔叔才会让我们进去看飞机。"

看飞机还要说好话？可我们并不知道好话怎么说。小叔说："说话要亲，要喊警察叔叔，告诉他，我们从没见过真飞机，特意来看飞机的，这是从小的愿望。"我们都讨厌说好话，但为了看到飞机就得好好表现，说就说呗。

自行车继续往前行驶，时间又过去十几分钟，小叔仿佛想起什么来，他说："照这个方向走，我们可能到不了机场入口，但我们可以到机场跑道去，在跑道外也一样可以看到飞机。"

这句让我心里既觉得忧伤又觉得安慰，忧伤的是大概进不到里面看飞机了，安慰的是不用跟警察说什么好话了，我从小就是一个讨厌说好话的人。再说，即便进不到里面，能看到跑道上的飞机，也挺好。孩子的心啊，就像一张风帆，极容易鼓满希望，倒很难彻底瘪下去。

自行车继续朝人们口中的机场跑道行进。太阳彻底隐没了，云跑动起来，越聚越多的云，仿佛心里越聚越多的焦灼。飞机场啊，到底在哪儿呢？我们走了好几个小时了。

一排铁丝网突然挺身而出，拦住了去路，再不得前进了。是不是机场到了？网对面并不见飞机，也不见跑道，只是一片平整的荒废的田地，生长着杂草，草丛中散落着零星的黄色小花。我们站在铁丝网前，这道网牵引着视线向远方延伸，似乎无穷无尽。只有那些黄色的小花，探头探脑的，很好奇地看着我们三个脸上写满茫然的人。

知了再次叫起来，头上的云越来越重。"看来机场跑道是不让人靠近的，离跑道这么远就将路拦死了。"小叔又做出了他的正确判断。

只好垂头丧气往回撤，自行车驶出一段路后，头顶上突然响起悍然的轰鸣声，一架起飞不久的飞机正掠过我们头顶。小叔赶紧捏住刹车，伸出一只脚紧紧撑住地面，将自行车停下。我们仰起头来，飞机真大啊，我看到它展开的巨大的双翼，我看到它银色的肚皮，它并没有像鹰隼那样扇动翅膀，而是斜斜地向天空深处冲去，似乎一点也没有耗费力气。

那是我们到那年为止看到过的最大的飞机，近得仿佛跳一跳就能触到似的。我们盯着飞机看了一会儿，它便冲入了云层，但我们依然仰着头，听着轰隆隆的响声由近而远，恍惚中觉得飞机依然在视线里。

我想这真是一架顶好的飞机，仿佛看穿了我们心里的失望而跑来安慰一下似的。

自行车重新响起吱吱呀呀的声音，这一回，它朝北行驶，驶过那些我们依然不认识的村庄，一个一个，最后才进入我们认识的村庄。小叔提议下来走一会儿，他大概真是骑车骑累了，背上衬衫湿了一大片，我们开始步行。

小叔说："不要失望，我们至少看到了飞机！"小叔又说："等你们一长大，就能去乘飞机了，乘飞机去北京上大学，乘飞机到美国。"

这句话还是挺安慰人的，反正不出几年，我们就可以长大了，也可以乘上飞机了，这么一想，心里轻快了许多。

我们走到了那个叫布政市的村庄，进入一条老的街，路边有小店，小叔买了三根糖水棒冰。当凉丝丝的棒冰放进嘴里，心情重新变好，我们原谅了黑乎乎的云朵，原谅了稻田里无休无止的蝉鸣，甚至原谅了那张无边无际的铁丝网——反正长大后是可以乘上飞机的。

自行车再次在稻田间的机耕路上飞驰，小叔突然生出了浑身的气力："我们现在要跟雨赛跑啦，我们要在雨落下来之前，以闪电的速度飞回家去！"

我们就大声问小叔："如果现在坐飞机飞到家，要多长时间？"

小叔大声回答："五分钟，哦，不对，三分钟！"

许多年后，我开车接女儿回家，她坐在车后座，时常问起我这个问题："爸爸，如果现在坐飞机去中心区的家要多久？"我说："大概两三分钟。"女儿又问："如果坐火箭去中心区的家呢？"我说："不能啊，不能坐啊，你会坐过头的，待会儿火箭把你带到西伯利亚去了。"女儿说："什么是西伯利亚啊？"我说："就是非常远非常远的那个地方。"她就在车后座咯咯咯地笑开了，嘴里含糊着念叨："火箭那么快啊，待会把我带出地球去了。"

那样的时刻，注视着前方汽车尾灯，我会兀自发愣，仿佛自己又顷刻变小，成了坐在小叔自行车上去看飞机的那个男孩。只有孩子才会想着去看飞机，只有孩子才会一心一意地渴望穿过云层到眼睛看不到的地方去。

朴素的光照

我穿着老师做的喇叭裤从村前小石桥上走过，晨光正慢慢爬上来，照亮了石桥，照亮了石桥边的藤蔓，也照亮了我的布鞋，照亮了喇叭裤倏然变大的两个裤管。

我读小学那会儿，老师是绝对受人敬重的。

小山村里，有一个很小很小的学校，小到就像一户人家：一栋两层楼房，房前一带院落，房侧一间矮木屋，如此而已。不知道村委会领导作了怎样的努力，从外面觅得两位民办教师，又在本村物色了一位，本村的那位是我四叔。三个小青年，高中肄业，心思不在做农民上，就做了民办教师。

两位民办教师家远，就在村里住下来。学校并没有宿舍，只有大队部隔壁小屋里有一个厨房，里面一眼土灶，可供做饭。两个老师的住宿就在村民家自行解决，村里人谁家有空房间，就领一个老师回家住。东家住一个月，西家住一个月，百来户的小山村，如此一轮一轮循环下来，倒一点没碍事，老师们住得舒适干净，村民们心里也乐意。

小山村里，大家都不拿老师当外人。隔三岔五，有人送柴来，也有学生放学后留下帮老师烧火做饭的，这自然也是大人的意思。有时候，哪家烧了好吃的菜，也会想着端一碗到老师黑乎乎的餐桌上去，菜荤素好坏不论，只是主人家觉得新鲜，有新杀的猪肉，有新摘下的时蔬，有新烙的饼……都透着欢喜，放到老师饭桌上时，还冒着热气。老师也不扭捏，有肉来吃肉，有酒来喝两口小酒，要不，有热腾腾的土豆红薯来，就吃土豆红薯。

老师既谓之"民办"教师，并不仅限于一种身份和编制，似乎他们就是全村百姓们共同请下的先生。工作内容当然也不限于在课堂上教娃娃们读书识字了，他们是很需要发挥一些先生的作用的。帮村里不识字的老人们读信、回信——那会儿年轻人已成群结队外出打工了，写信是和家里联络的唯一方式；帮新添了一台收音机的人家看说明书，并将调频调到正确的指针上；遇红白喜事，还得操起毛笔来，写几对诗联，或者写下一个大大的喜字，供办酒的人家张贴。那时候，老师是没有架子的。

记忆中，一位老师姓沈，另一位姓洪。姓沈的那位奇瘦，鼻子高而尖，颧骨清晰可见，喉结凸显，看起来很是不苟言笑。洪老师则要和善得多，矮矮的身材，四方脸，眼睛豆子大小，脸上常挂着腼腆的笑。但他们俩都不显得鹤立鸡群，倒是和村民打成一片，仿佛是新晋的两个村民。有段时间，沈老师和洪老师住到我祖父家。他们一般晚饭后来，冬天里就和祖父祖母叔叔伯伯们围着一个大铁锅烤火取暖。有时，祖父祖母请他们来吃晚饭，他们就会拎起水桶跑到溪里帮祖母打水，或者坐到小凳子上头，拿一捆毛豆子，帮着剥豆荚。赶上农忙时节，沈老师和洪老师放课后，将裤脚一卷，就下地了，帮祖父耘田插秧，村里人才发现，老师种起田来手脚麻利，一点也不生疏。更难忘的是，有一天沈老师拿着皮尺在我身上比画一阵，过了些日子，竟给我做了一条裤子。我妈说沈老师手巧，能当裁缝的，不但会踩缝纫机，还会自己裁剪呢。他给我做的是一条紧身喇叭裤，在那个时候真很时尚的。

我穿着喇叭裤从村前小石桥上走过，晨光正慢慢爬上来，照亮了石桥，照亮了石桥边的藤蔓，也照亮了我的布鞋，照亮了喇叭裤倏然变大的两个裤管。

一年级结束后的暑假，我告别小山村到了另一个城市，在一个乡村小学继续学业。仍是一所很小的学校，四个年级，六七个老师。学校外面有一片稻田，到了夏天，稻子黄熟了，金色的稻穗摇曳着，很好看。带我的是刘老师，那会儿刘老师四十多岁，高挑清瘦，很爱干净，随身带好几块手帕，一进教室必先用抹布擦拭讲台和椅子，再坐下来。刘老师是上海知青，姑娘时分派到我们这儿插队，就落户在乡村了。她说话的语气，有一种上海人的腔调，即便骂人，也和其他老师不同，上海话骂人明显比宁波话要软，调子要婉转些，就像某种地方戏的唱腔。印象中刘老师特别严格，凡有不完成作业和调皮捣蛋的，到了她那儿，都绝不姑息，狠狠批评，也用小竹棒打手心，棒子落向手心时咻咻地响。这于我心里很是产生了一些震慑，尽管老师从未打过我手心。

刘老师的严厉外表下藏着一颗格外仁慈的心，她下班后走路回家，恰好经过我家的小出租屋。有那么几回，她会拐进来，留下一个大大的面包，或者一个当时我从未见过的蛋糕。她跟我母亲说，前几天上海亲戚来过，面包给孩子吃。刘老师一定是知道的，我和妹妹从未吃过那样的面包，那么蓬松，那么大，金黄色，散发着麦子实诚的香气。我们只吃过那种小小的一块钱一只的面包，扁平一如流浪儿的口袋，里面有一团干巴巴的红豆馅。刘老师还把自家女儿穿下来的衣服一袋一袋拎来，送给我的一个小伙伴。那个小伙伴是移民到这儿的种田大户的孩子，平时成绩不好，爱打架，满肚子顽劣心思，自然常常挨她批评。但批评归批评，并不影响老师对他家里贫穷的同情。他上头有三个姐姐，一共四个孩子，靠父母种田维持生计。他们一家人是很少有新衣服穿的，几个孩子出门都穿着打补丁的衣裤，贫穷有如田边的野草，怎么都拔除不尽。我印象里，那个小伙伴有一项特别的生活技能，总能在田野里寻到吃的，还能在小学校角落里寻到吃的。我记得那会儿他告诉我话梅核可再利用变成美食，心里很诧异。有段时间，他带着我在小学校墙脚寻找话梅核，找到一把后，再用石头将其一一敲开，内里露出类似杏仁一样的浅黄色坚果，放嘴里一嚼，味道还真不赖！

刘老师只带了我一年，但她似乎一直关注着我的生活，尤其在我家遭遇了一场巨大的变故后，更是常常牵挂着。待到我读六年级，便换到另一个村级的完小。每天早上，我骑一辆单车，穿过一条弯弯绕绕的小路去上学，单车前车篮里的网兜中放着两个饭盒。巧的是，刘老师也调到了那个学校。她托人带话给我母亲，说现在离家近了，中午回家吃饭，她的工作餐留给我，她会跟食堂烧饭伯伯招呼好，让我午间放学后去取就好。可童年时代，我是一个自尊心特强而又羞怯的孩子，竟拒绝了老师的好意。又过了两年，刘老师把这份午餐给了我妹妹。

那时的老师，似乎把带过的学生当成了自己生命的一部分，一个孩子的冷暖和不幸，时隔几年都在牵动她。因了自尊和敏感，刘老师有时要捎带点吃的给我，我都回绝了。她后来想到一个办法，把住我家不远的那个小伙伴找去，让他拎五六个苹果给我，有时是一袋橘子，有时是两盒精致的点心。直到现在，我还会遇到老师，她已年逾古稀了。我们站在人来人往的路边寒暄，秋阳灿烂，树上叶子正在飞离枝头。和煦的阳光照亮了老师脸上的皱纹，照亮了皱纹里的慈祥，她看向我的目光温和，仿佛端详着多年不见的儿孙。临别时，老师总会叮嘱："当心身体啊，当心身体。"她的关心和疼爱，让我有恍然重逢老祖母的感觉。

刘老师之后，小学三年级带我的是施老师。施老师相当讲究教学艺术，是旧式老师中的典范，写一手好字，又博古通今，除了语文数学，他还教音乐。透过时光的窗棂，我还能清晰地看见他坐在一台旧风琴前，弹响两句问候语，先让我们唱："施老师好——"我们唱得摇曳多姿。随后，他再次弹响另一句问候语，冲我们唱："同学们好——"我们在琴声里互道问候。他时常穿着一件中山装，领子洗得发白，袖子磨破了好几处，戴一副年代久远的眼镜，骑一辆叮当作响的28寸自行车。

那会儿，我到这个新地方不久，只学会了一部分当地话。我会讲的第一句话是："这种饼来一个。"放学后，到父亲医务室隔壁的小店买一种糖饼，姑姑陪我买过一次后，教会了我说这句话。其他的零食，由于叫不出名字，我一般都不买。

面对同学，只得很聪明地选择少说几句，他们才不会耻笑我外地人的身份，不会耻笑我说起话来带一股土不拉叽的泥腥味。不过语言的漏洞防不胜防，我确实被他们耻笑过好多回。在家乡，自行车叫自 háng 车，这里则是自 xíng 车。我一不小心说漏嘴，即刻引来几个男生怪里怪气的大笑，扯着嗓子喊："自 háng 车来了，你家有几辆自 háng 车啊？"语言上的格格不入，是我年少时最初体会到的孤独滋味。

　　有一回午后，我在操场上和人说话，问一个同学，大致是："你饭吃了吗？"是用当地话问的："你饭 zéi 过了吗？"

　　过了十几分钟，有人喊我，说施老师让你去办公室。我心里擂起小鼓，担心是不是哪道题做错了。到了办公室，施老师正在办公桌前坐着。这是一个光线暗淡的小屋，六七张办公桌排成两列，靠着墙，中间让出一条过道。办公桌上陈设简单，几叠本子，一个豁了口的水杯，几本教参……"你刚才在操场上和同学聊天吧？"施老师表情严肃，语气是温和的。我点点头，猜不透他葫芦里卖什么药。"我们当地话里吃饭不叫 zéi 饭，叫 quē 饭。zéi 是一个很不文雅的词语，显得比较粗鲁，你不能随口就拿来用。"

　　从老师办公室出来，午后阳光瀑布一般倾到我身上，晃眼极了。我现在已无法描绘当时的心情，却常常想起那个场景，想起老师的告诫，想起白亮亮的阳光，恐怕这情形要记忆一辈子了。

我是一个老师缘特别好的人，在少年时代，老师们大多器重我，让我觉得生活有明亮的方向，一个孩子在希冀的目光里往前走去，不会走向一条下坡路。到了初中，教我的语文老师姓王，他是少年时代对我影响最深的老师。前些天，中学同学聚会，王老师也在列。餐桌上，一个女同学回忆往事：

那时她到我们所在的初中借读，寄居在另一个女同学家，往往一周才回一趟自己家。女孩独自在外，很少想着打理自己。有一回她穿着一件黄色衬衣，一连穿了四天。这是一件几年前的衣服，已发白了，原本像小鸭子身上绒毛一般的嫩黄已褪尽，领子袖口边沿黑乎乎一片，还出现了好几处毛毛糙糙的破损。一堂语文课后，王老师找她单独谈话："你家里是不是有什么困难？老师看你天天穿一件衬衫，几天也没换，女孩还是要把自己打理得漂漂亮亮的。"小姑娘赶紧摇头："老师……我们家还好……不困难的。"确实，她家并不困难，父母做点小生意，还有能力送孩子到比较好的中学念书。

新的周一，小姑娘穿着新衣服去上学，还特意梳了辫子，在上头夹了一个造型别致的头饰，仿佛一朵洁白的玉兰花跃上了黑亮亮的藤蔓。她一身鲜亮走进教室，同学们纷纷将埋在书堆里的头抬起来，教室上空都是目光和目光碰撞的声响。可有意思的事发生了，数学课后，数学老师将她请了出去，在走廊上单独谈了话。数学老师说："都初二了，毕业考迫在眉睫，你应该把心思花在学习上，不要想着穿衣打扮。"这番话，让小姑娘不知如何是好了。

我的这位女同学后来学了服装设计，现在是一名大学老师。她说她的专业选择和当年两个老师关于衬衣的纠结不无关系。

她讲完这件事，两位老师都笑了。王老师说："我这个人嘛，还是有点浪漫主义的。"确实，他小小的身体里是有相当的浪漫主义成分的，他的那点浪漫主义也彻彻底底传给了我。

王老师个头矮，长相不出众，戴一副厚如啤酒瓶底的近视眼镜，可这些一点也不影响他的风流倜傥。在一群少年眼里，他是潇洒的，尤其走进课堂，开口讲课，那种肆意挥洒令人激动。他以前在课堂上给我们读过一篇梁实秋先生写梁任公演讲的文章，和梁实秋一样，他对梁任公的演讲格外仰慕：

先生的讲演，到紧张处，便成为表演。他真是手之舞之足之蹈之，有时掩面，有时顿足，有时狂笑，有时叹息。听他讲到他最喜爱的《桃花扇》，讲到"高皇帝，在九天，不管……"那一段，他悲从中来，竟痛哭流涕而不能自已。他掏出手巾拭泪，听讲的人不知有几多也泪下沾襟了！又听他讲杜氏讲到"剑外忽传收蓟北，初闻涕泪满衣裳……"，先生又真是于涕泗交流之中张口大笑了。

他读这个段落时，我有时空交错之感，仿佛面前突地冒出一个梁任公来。确确实实，他自己就是那样的人——除了头发茂盛些之外——课讲到激动处，真是唾沫横飞，手舞足蹈的。有一回，语文课本里出现了一个描写秋天田野的章节，面对金秋的丰收情形，王老师激动了："老师给大家唱一首歌！"然后，他放开嗓子，用民族唱法在课堂上高歌了一曲《在希望的田野上》。

王老师最崇拜的人还不是梁任公，而是苏轼，在这一点上，他和林语堂观点一致，认为东坡先生是五百年出一个的完人。以至于我们常常有机会在课堂上听他讲苏轼种种，正史八卦，不一而足。听他情绪激昂地高声诵读东坡先生的"大江东去，浪淘尽，千古风流人物……"到最末一句时，他将面前白色长围巾一甩——那段时间正流行纯白马海毛围巾，男男女女脖子上都挂一条——手上做出一个江边洒酒的动作，嘴里会加一句："苏学士词，须关西大汉，铜琵琶，铁绰板，唱'大江东去'也！"听他念叨苏轼如何喜欢食肉，虽说扬言"宁可食无肉，不可居无竹"，到底还是成功研发了东坡肉；听他讲苏轼和佛印和尚无事相互抬杠，就有了"狗啃河上骨，水流东坡诗"这样充满谐趣的对子。总之，他谈起苏轼的神情，与一个饿汉谈起记忆里的红烧肉一模一样，就差掉口水了。

在课堂上他不仅讲苏轼，还讲托尔斯泰，讲《复活》里的聂赫留朵夫，讲《红与黑》里的于连，也讲余光中和舒婷。多年后，我的记忆里时常流淌着一种声音，像山间流水的回响。那是一个雨声淅沥的日子，老师用他浑厚的声音为我们朗读余光中的《听听那冷雨》，于是乎，我的心头便涌动着一缕化不开的乡愁了。老师家藏书千册，每个假期，我都能从他那儿借到一叠书，他的书房很长一段时间都是我精神的源头。

王老师酷爱书法，喜欢国画，拉过二胡，还爱种植花花草草。他寻到一个破了口的大水缸，搁在门前河埠头旁的角落里。他带我们去看过那个水缸，颇为骄傲地告诉我们，那是他手植的荷花，他考我们："荷花又叫什么？"几个孩子左右顾盼答不上，他就自己答了："荷花啊，也叫莲花，还叫芙蓉、水华和芙蕖。"我看到水缸里平铺着几片荷叶，其间有两枝新荷挺立而出，头上顶着一个羞涩的花苞。

他读我的文章，大概感觉到里面有一股少年愁绪，遂对我颇有寄望，每回见面，总说，你是王老师理想的延续，老师这一生最大的愿望就是学生里出个作家。

受这样浪漫主义的浸润和殷切希望的照耀，我也开始习字、读诗、写小说，一头扎进文学的丛林，从此再没离开过。

直到今天，每回见到老师，他还是那句话："说实在的，我最骄傲的事就是课堂上走出了一位真正的作家，你实现了王老师的梦想。"老师的厚望让我深感汗颜，竟说不出一句豪壮的话来。我只好跟他老人家承诺："老师，我写的每一本书，都会放到你书架上去。"

我是幸运的，在少年时代遇到这些朴素的老师，并被他们的人格深深照耀过。他们算不上什么大人物，但都是真真正正的老师，像古老中国的汉字，横平竖直，堂堂正正，用一颗赤诚之心教会了我做一个有温度有趣味的人。

羞
耻

也有时会遇见他的傻女儿，拎着裤子在院里疾走。那会儿她二十多岁，蓬头垢面，衣衫上的污垢以十年计，见到人，照例要表达内心的欢乐，一边咧开嘴一边说：「贼噶好笑啦，贼噶好笑啦！」当年，我就感悟到一件事，大抵疯掉的人，觉得凡人凡事都分外好笑。

一

回老家，头一遭困扰我的事便是如厕。他们称为"上茅坑"，没错，确实要跨"上"去，确实是"茅坑"。

山村里，人对生活无额外索求，仰仗天地过日子，吃的用的都靠自然山川赐予。房子以不规则的卵石砌就外墙，内里以粗木板隔断，夜阑人寂，能听到四面风响，听到零碎的月光伴溪水流淌。厕所则更草率，一般筑在屋边路旁，以粗木条拼起四方的架子，固定于坑上，用来坐人；其上支出一个低的顶棚，覆盖茅草，以挡风雨。

城里生活惯了的人，很难想象大山深处对待这件本该隐秘的事如此坦率和敞亮。老家的人们似乎从未想过上厕所有多特别，也绝不会因此产生丝毫困扰。这番困扰若被左邻右舍知道，还不笑掉大牙？

如若你自我们村村口往里走，沿黄泥小路，攀到筑于高处的人家，又穿过人家的木屋，再走向低处人家，你总会看到一些人上厕所的样子——他们端坐于屋边路旁，神情从容，有人作哲人沉思状，有人作愁眉苦脸状，有人面无表情，有人脖子上青筋突起，暗暗使着劲儿……此番情状自然朴素，仿佛城市敞亮的图书馆里姿态多样表情各异的自习者。没有人会觉出这事尴尬。有一天你恰好背着行囊远道而来，那端坐于茅坑上的人恰好认出你，一定会响亮地招呼你："海蛟啊，回了？好几年没回了吧，都长这么高了。"他说这番话的语气和表情未曾透露出一丝羞涩的迹象，跟他站在路边鼓捣烟斗或蹲在溪边洗白菜一模一样。倒是我每临这样的阵仗就怵了，不知道是不是该高声应答，只好脚步匆忙地逃开去。

茅坑皆坐落于必经之路，三五个或六七个排排相连。他们这样安排，想必也是文明之举，将这又脏又臭的所在作了区域划分。这样便很有意思，你会经常见到两个人或三个人在茅坑那儿相遇。遇到谁纯属偶然，厕所不分男女，遇到的人自然也不分男女，便一视同仁，坦然地解开腰带，褪下裤子，坐上茅坑，无论男女皆毫不犹豫。村庄就那么大，相遇的人都熟识，既狭路相逢，便和气地点头招呼。不过现在我已忘却招呼时会不会包含那句话——"吃了吗？"但谈论天气和家常是必然的，当然也取决于相遇的两人是否有更多共同语言。若相仿年纪，便更有话题：家中的猪长了几多肉了；或者手气不好，捉来的猪仔不听话，天天想着跑出来晒太阳，将猪粪拉在食槽里；或者今年麦子抽穗晚了几天；或者谁家儿子外出打工摔断了胳臂。若非相仿年龄的人，也无妨，叔伯辈的会问一旁的女孩书读得怎样了，或者问对象有了吗。男人和女人也总能聊上那么几句。随后，谁先完事，就起身说句"走了"。待再次在其他场合见面，也绝不会想起早上曾在茅坑上狭路相逢。在故乡，上茅坑这件事如此光明正大，一点也不扭捏，一点也不会起暧昧和情色之心。由此我想到东瀛国男女同浴于温泉的古老习俗，大概人们也是这样地家常和放松吧，一本正经地太平着。

自然平常，人们坦坦荡荡坐于路旁，露着两片白花花的屁股——当然也有些屁股并非那么白；不管屁股颜色如何，坦荡是确乎不变的。这也使我想到无论什么事，不再掖着藏着，就那么敞亮地来，或许人心就踏实入定了。

感悟终归纸上谈兵，派不得大用场的。长大后，一次次返乡，我都会被这看似简单的事困扰。我承认在上厕所这件事上我是一个相当羞涩的人，我忘了孩童时是否也这样羞涩过。或许可以肯定不至于，要不然一个人排泄不通畅，肯定无法愉快生长。或许外面世界里额外的"文明"给了我这种羞耻感，于我来说，要在光天化日下完成这件事的难度虽说比不上杀人越货，也着实相差无几。心理上的不适导致生理上的紧张，导致手心出汗目光僵直，也导致如厕困难。我无法忍受行人自身旁走过，并于茅坑上与人交谈；更无法忍受旁边还有一个人紧挨着自己，完成一项共同的大业；我也无法忍受那种不雅的声响……更恐怖的还不止这些，在方便完毕后，用竹篾完成清洁工作才是最有难度的环节。对，漫长的岁月中，山村里的人们都以竹篾作为草纸，窃以为这一行为严重拖慢了人类文明史进程。为什么是竹篾？事情颇有些渊源。首先山里纸很稀罕，除了少数几个人手头有纸，其余人家，即便报纸都不多见，报纸似乎与某种微妙的权力挂钩，只在村委会露面，只有村里干部能读到；更别说卫生纸了，这种奇特的东西要很多年后，在外面世界兜一大圈才能遇见。因了纸的稀缺，大人们都很敬惜，有字的纸绝不能用以擦屁股，否则要担一桩亵渎神灵的罪过。他们上茅坑，随手从门口柴垛里嘶啦一声抽出一根竹篾，一路晃荡而去。以至于在我老家，极容易分辨出一个去方便的人，只要他手里捏着一根竹篾疾步前行，你就知道他的奔头了。

　　偶尔跟人谈及这段往事，城里人很困惑，质疑竹篾的性能与功用。这个技术性问题经多年淡忘令我无从解答。但就在前几天，我于史书角落里读到秦始皇也以竹片解决如厕后的清洁问题，心里顿时升起某种奇妙的安慰，并且恍惚中觉得那个小山村竟存留下一项如此历史悠久的技艺——若这算技艺的话。

为摆脱这份尴尬，每回踏上故乡，我都重新校准生物钟，一点一点将它拨至一个恰当的时间。我上茅坑，一般选择月黑风高之夜，差一点也是薄暮冥冥时分，要不然就在公鸡第一遍啼叫的间歇，偷偷摸出祖父家的门，略显紧张地登上茅坑。随后，带着某种不为人知的窃喜溜回来。如此这般，心下生出一股舒坦之气，想着一天尴尬算是消除了，这一天可以安然度过了。

二

离开山村，茅坑不见了，源于如厕的羞耻却要多年后才得以消解。我们跟随父亲，告别大山，迁徙到一座靠海的城市乡下，先将家安在父亲的小诊所里，小诊所没有厕所。三十年前，农村人家里大多还没卫生间的概念，大多是粪缸，既积攒肥料，又解决如厕问题，似乎一举两得。

那两年，上厕所呈现出一种打游击状态，基本是打一枪换一个地方。倒也没人公然表示自家粪缸不许外人插足。但有那么些早晨，你的肚子咕噜咕噜翻动着，手里攥着一把草纸跑向邻居家屋旁。不好意思，除了迎面而来的那股子深沉的臭味，你还分明看见上面端坐着一个大活人——

主人家捷足先登了。你及时于三十步开外刹住车，迅速慢下步子，装出一副左顾右盼的样子，脚步轻快地自那户人家屋旁经过。躲过了那人的目光，即刻加快步伐，小跑，脑海里重新检索附近的……粪缸，哪一处稍显隐蔽？哪一处主人和善？哪一处略微干净？折过两条小巷子，又到另一处，心下一喜，但等靠近，却发现此处刚出过肥，臭气被搅动出来，凶猛异常，边沿一摊秽物，你想掩鼻而坐，又实在下不去屁股，只好再次转身，脑海里启动新的检索……这是一件多多少少令人战战兢兢的事。这份困难小到根本登不上台面，却带来持久的羞耻。每个早上，顶多每过两天，这件事如影随形，有时候运气好，有时候一回回地"撞车"。

随后，村委会帮了我一个大忙，我们发觉了医务室旁村委会里的公共厕所。年少的我很羞怯，上班时间，怕遇见村里干部，基本不会光顾那儿。早晨和傍晚，或者休息日，才去借用这个公厕。尽管它脏得无法描绘，尤其下过几天雨，秽物溢出，每踩下一脚都需斟酌再三，脚尖挑在空中，迟迟不能落地，但也好过那些别人家的私人厕所。

村委会为一处独门独户的院子，里面一栋三层高的楼房，与医务室仅隔条小道，隔堵围墙。它成了我们生活场域的延伸。村委会院子里有个简易的自然水龙头，我们便到那儿取水。父亲和我也借那个水龙头洗澡，那会儿在乡下，男人们洗澡很是直白，手里拿块香皂，拎条毛巾就去河边，再赤裸着上身穿村而过，一条湿漉漉的裤衩耷拉腰间，一路走，一路滴着水珠。有些日子河水脏，我们便带一个脸盆，到村委会大院里，就着那个灰扑扑的水泥水槽洗澡。村干部们都下班了，村委会里只有一个形同虚设的老门卫黄胖，枯瘦如一截干木头，行动迟缓，一般懒得过问来人，即便过问，别人也不拿他当一回事。他是五保户，家里老伴精神不正常，育有一个疯女儿，也嫁不了人。偶尔会来医务室看个病，见可怜，父亲就送点药与他吃。

夏日黄昏，太阳落下，霞光红彤彤的，晚风送来清凉。拧开水龙头，清澈的水哗哗地自铜质水龙头中倾下来，被逼仄的生活禁锢的身体经了水，在凉风里一激灵。那是没有忧虑的时刻，我看到父亲端起脸盆，让一大盆洁净的水自头顶扑下来，水珠映着晚霞，折射出光彩来。

村委会也并非是来去自由的，它的大门什么时候关闭，取决于瘦老头黄胖。他通常在夜晚关闭大门，在村干部们上班前再将门打开。这样一来，进公厕就有了些阻碍。不过没多久，我便发觉村委会大铁门尽管看似关紧了，但并未上锁，只是合上而已，用力踹一脚，大铁门便被哗啦一下冒冒失失地撞开来。

那些黄胖将大门关紧的清晨，拒之门外的人，只好先运足一口气，让这口气自喉咙至丹田……然后抬起右腿，朝铁门狠命踢出一脚。哐啷一声，门洞开了。里面的黄胖大概被这撞击声吓了一跳，远远地喊一声："啥拧（人）啦?"照例不必作声，照例他也懒得再问第二遍。

也有时会遇见他的傻女儿拎着裤子在院子里疾走。那会儿她二十多岁，蓬头垢面，衣衫上的污垢以十年计，见到人，照例要表达内心的欢乐，一边咧开嘴一边说："贼噶好笑啦，贼噶好笑啦!"当年，我就感悟到一件事，大抵疯掉的人，觉得凡人凡事都分外好笑。

三

大概哐啷一下的踢门声和那声苍老中夹杂着怒意的吼叫过于惊心，又加上大雨后难以下脚，村委会公厕也被排除在最佳选择之外。如厕带来的羞耻感，依然像一条进化不全的猴子尾巴，挥之不去。

我初二那年，母亲下定决心买下一栋楼房。楼房前横着一条路，路对面一片开阔的田野，仲夏时节，金色的稻浪起伏。就在路角田边有一个砖砌小矮屋，矮屋面向南面田野，内置一个粪缸，就是那户人家的专用厕所，算作买房的添头。

但我发誓那是一个顶顶脏的厕所。那户人家将房子卖给我家，但他家老丈人，依然对这个粪缸表现出恋恋不舍。当时，老头在我家不远处有几亩地，隔三岔五到这缸里搅动一番，搞得臭气熏天，污秽横流。母亲每每要拿清水冲洗，可没出两天，他又来了。

更可悲的是另一个老头也觊觎这田边的粪缸。该老头堪称奇人，我曾一度坚信，他若三天不碰粪缸，必双眼无神，四肢乏力，精神萎靡。只有这一股强有力的气味才令他保持对生活的神往。他在我家门口路旁辟出一长遛菜地，频繁地出手施肥。施完肥后，又将青菜割下置于粪桶内带走。我们见之，几欲惊飞眼球。有一日，老头道出一个朴素真理:"人吃菜，菜吃粪，粪有什么脏的?"此话深刻豪壮，我想这是一个浙江东部海边的农民对于食物链理论的全新补充。

我的羞辱还没写尽。即便没这两个人搅和；即便用了很大的勇气克服了它的脏，它的臭；即便阳春三月，小矮屋前油菜花潮演奏出金色交响曲，上厕所的人耳目所及，皆是春天浩荡热烈的声息；即便秋日细雨如帘，田野凉意初起，上厕所的人就置身于此番清凉里……即便有这一切，依然不能消除我的羞耻。那个小矮屋虽然面朝田野，但并不代表它就是隐秘的，待到田里播种、收割的那些日子，田野里拱动着劳作的人，此番情状，无疑又让我梦回故土。

这依然不算最大的困扰，这个蹲在田边角落的小矮屋，除了面对着田野，还面对着远处一条路，就是它背后的，我家门口的那条机耕路，离了我家后折向南面田野，一直延伸到另外几个村庄。

这意味着什么呢？意味着有那么一些早晨和黄昏，你正在小矮屋那儿行方便，自南面村庄沿机耕路过来的人，能远远瞥见你。远远地瞥见，自然并不是什么了不得的事，又不是瞥见做贼，可问题是，南面来的人里面一定有那么几个是你同学，这条路就是他们上学的必经路。有同学瞥见你上厕所，也并非什么伤风败俗的事，他们自己不也那么上厕所吗？可问题是，那里面一定有几个是你的女同学，这几个女同学里还夹杂着你们班最漂亮、成绩最好的那一个。这样的状况于我，就成了难题，这是一种羞耻。

早几年，我们住在一个很小的出租屋里，我困扰于女同学们看到我从那逼仄简陋的小平房出来；等到总算住进楼房，才觉得在这件事上获得了些许平等。但好景不长，如厕的问题再次带来如影随形般的不适。也想过晚上去厕所，可乡下田野里的蚊子，至少会以一个师的数量发起进攻，几乎能在几分钟之内将露着脸、胳膊、屁股的人抬走，这是生命中无法承受的蚊子雨。

少年的我，时常会觉到一些难以摆脱的不对等，身上的衣服、裤子，脚上的鞋子，中饭时碗里的菜……就连立夏节，同学带着一大袋茶叶蛋出现在教室，吆五喝六地撞蛋。起先我没有茶叶蛋带去，母亲遵照老家习俗过立夏，是不煮茶叶蛋的。后来，她也煮几个让我们吃。我又担心自己带的蛋太少，两个，三个……一碰碰没了。那时我还不明白，更多的茶叶蛋或更少的茶叶蛋，穿得好或穿得不好，住在低矮逼仄的平房或住在高大的楼房，有什么关系呢？这一切并不是永久的，那时的我还没弄清楚生活是会生发出大变化的，我也还没读到赫拉克利特的名句："一个人不可能两次踏入同一条河流……"

尽管不明白这个道理，我又是一个很骄傲的人。我成绩好，作文写得好，字漂亮，我是班长，是手臂上有三条杠的大队委员，那个大队委员标志一般都只发一次，已残破不堪，我以透明胶粘起来，恨不得睡觉时都将它戴胳膊上。我爱大队活动，由我挑着队旗，雄赳赳地走出来，唱队歌时，一脸严肃，扯开嗓子，声音嘹亮，并坚信自己是共产主义事业的接班人。我不承认家境不好，也不愿意接受学校补助，学校会将被补助人的名字贴到墙上，我不愿意接受这份奇怪的施舍。但这一切依然不能让我摆脱与如厕相关的羞耻感。现在回过头去想，造一个简单的卫生间，并不需要耗费多少财力，可为什么这件事就从来不会出现在那些年的设想中呢？主要是人们觉得，这根本就是一件可以随便对付的事。

大致可以想见厕所的革命一直处于人类文明进程末端。但人们似乎忽略了一个重要事实，衡量一种文明的水准，要看的是木桶上那块最短的木板，所以，厕所是衡量文明和生活舒适度的最重要指标。很遗憾，村庄里的大人们不懂这些。

一直等到我工作那一年，厕所革命才成为头等大事，我让家里着手改造出一个卫生间。楼房西边转角处，原先有条小路，后因无人走，就荒废了，这个区域挺宽敞，很适合造一个卫生间。母亲去和村里支书商量，征得了他同意，算是选定位置了。卫生间就倚靠着房子的西墙建，再从墙里敲出一扇门，贯通两个区域。这件事并不难，大概花费几千块钱，用了半个月时间，就大功告成。

回想起这些经历，大致可习得些许生活经验，有些困扰人许久的障碍，并不见得就有多难。我们觉得难，往往认定了这个村庄里的人，这个地方上的人都是这么活的，他们上茅坑，他们蹲粪缸，我们也该这样过吧。况且，我们也不是富有的人。这件事也证明，有些尊严的获得，与钱的多少并无太绝对的干系。

正在消失的故乡

他若不停下来，往回忆更深的地方去，走过1984年2月，走过1983年2月，走过1981年2月，他将走回婴儿的襁褓，走回母亲的怀里。那时，母亲抱着他，坐在祖父家堂前，放眼望去，山野里，早春正向人间交付第一抹新绿。

隔五年或十年返回一次。

生活里重要的人到来，带着她返回一次。

从不轻易说到它，只喝了酒，只秋风起，只在深爱的人面前提及。

不再像儿时隔三岔五地在文字里描绘一个美丽温情之地，你写过它的每一块石头，每一个落在乡野里的果子，现在你不再轻易抒情和记录。你知道，仰仗文字做的这些事日渐式微，而躲藏在岁月里的真相不可捉摸。

故乡变得无法言说，你在不断远离它，又在灵魂里越来越渴望重新接近它。

一

他们告诉我，这是一片丝瓜棚。冬天里并没有瓜藤蔓延，地上枯黄的衰草成片倒伏着。只剩竹竿搭起的架子，疏疏朗朗裸露在天底下，让你能够想起夏天满架油绿的丝瓜倒挂在阳光里，底下的草叶欠欠身就能够到丝瓜头顶的小黄花。

我拨开路沿豁口的竹篱笆，鞠躬钻入这一片荒芜的丝瓜棚。这是2018年2月的某个上午，下了几天冷雨后，天放晴了，冬日的阳光和煦地将小山村打亮。我在外面的世界里行走了三十年后，又一次返回世界原点，站在这一方小小的泥地上。

如果此刻，恰好有一个小女孩从瓜棚前小路上走过，她一定会诧异地驻足。这个陌生人要干什么？他可不是我们村的人。他右手拎着一个手提包，左手揣着一本书，眼神看上去疲倦浑浊，两鬓已爬起了白发。他为什么要进到这荒地里？难道在这儿丢了东西吗？看他弯腰低头的样子，仿佛在寻找着什么，他为什么不问问这儿的人呢？或许我们能够告诉他如何找到丢失的东西。可他为何偏偏不转过头来，朝我这边看一眼呢？

我就这样奇怪地在丝瓜棚里徘徊，头上的天空蓝得纯正，间或会有一丝流云飘过。我偶尔站直身子，一棵高大的红豆杉扑入眼帘，它在咫尺之遥，这是一棵巨大的古树。远处青山铺展，山脚下溪涧旁，水泥楼房肆意蔓延，黄砖的墙面一路朝更外面的村口延伸。

我分明认得这一片荒地，它周边的参照物依然站立在时间里。

我踏着枯草慢慢往里走，眼睛亮了一下。瓜棚北面，靠近山墙的那一边竟还立着一个灶台。我迈开步子，接近那个已倒塌了一半的土灶台。低矮的灶台上爬满了青苔，几片白色的瓷砖像松动的残牙，但仍没有脱落，其中一块在阳光里透露出它的白，上面有一个红色的双喜图案，仿佛在提醒着人们，这里有过一段火热的人间生活。此外再无其他蛛丝马迹，只脚边的衰草在冬阳里透着暖融融的气息，东面的空地上有两棵树，树上已无一片叶子，枝杈孤零零伸向天空。

如果时间回到1985年2月，一个男孩就站在这方泥地上。他在等待祖母从高高的灶台上取出一个麦饼，麦子的香味已先于麦饼到了他鼻腔里。他离开灶台，穿过乌黑陈旧的木门框，那里是客堂，客堂里放着一张八仙桌。祖父已劳作归来，刚刚坐到条凳上，面前的粗瓷小碗里，已满上黄酒，酒香正蹑手蹑脚四散开去。酒是自家酿的，那缸酒存在祖父祖母卧室的角落里，上面覆一个大圆木盖子。祖父干农活回来，祖母就会到酒缸里打一小碗酒放在桌前。他穿过正吃着饭的祖父面前，祖父会招呼他坐下来吃。祖父的声音是怎样的呢？应该是亲切慈爱的，那是祖父惯常的样子。他没有坐下吃饭，而是出了客堂，跨过木门槛，到了堂前，堂上屋檐下悬着几个燕巢。二月，燕子还没有归来，但出不了几天，一群又一群燕子就会突然出现在小村庄里，它们各自回家，从不会走错地方。他在堂前屋檐下站定，抬起头就看到了不远处溪畔一棵古老的红豆杉。红豆杉旁的梯田已泛起绿色，紫云英就要开了，到那时满眼都是紫色花在闪烁。

他捧着那个热腾腾的麦饼改变一下方向，往楼梯跑去，再沿着黑咕隆咚的楼梯跑上楼，木楼梯发出吱嘎吱嘎的响声。楼梯口有一个小小的观音佛堂，但并没有菩萨塑像，只是供了一片观音竹，那是有一回，祖父自深山里拾来的，祖母认为这是可以代表观音的。转过楼梯口，东面是四叔的房间，西面是小叔的房间。他记得，就在前一年，四叔在这个房间迎娶了新娘子，房门上贴着红艳艳的喜联。

小叔的房间里贴着《世界地形图》。小叔外出读高中了，他放假回家来的时候就睡在这个房间里一张色彩斑斓的木床上，床上的画是叔叔们自己用彩色油漆画上去的，每一次看，都让他觉得这就是世上最好看的床了。那时候他根本不知道世界多大，世界就是他每晚躺在床上，仰头看到墙上贴的《世界地形图》里那一个蓝色的圆，圆外面拢着一片深邃的蓝，圆里面也是一片连着一片的靛蓝，后来他才明白，那代表海洋。可是他的世界里只有山，蓝色的海洋在他想来实在太不可思议了。

他又从楼梯里跑下来，跑到老屋后门去，后门有一棵桑树。这一刻桑树静立着，它是和季节在玩"一二三，木头人"的游戏呢，你一转身，它就拱出了嫩芽，你再一转身，那些黄绿眉眼的嫩芽已变成一树的小叶子。你往前迈三步，就是五月的尽头，紫色的桑葚挂满枝头，到那时，小伙伴们的嘴唇就成了紫黑色，笑起来牙齿也是紫黑色的，吵架的时候，动来动去的舌头也是紫黑色的。

他跑过玩木头人的桑树，一块红色浣衣石进入眼帘，浣衣石浑身浸染着天边晚霞的那种红。清晨过后，门前小溪里浣衣的女人们端着洗衣的木盆返回家去，她们将浣衣石让了出来。这块看上去不同凡响的石头通体泛着洁净的光，静候孩子们到来。他和小伙伴们围坐在这块石头上谈论"大事"。在炎热的夏天傍晚，先拎一桶水泼到石头上，将它通体浇透，水干之后，便可躺到上面，石头的凉沁入皮肤，沁入皮肤里面的肉，再沁入心脾。村庄安静，夜色围拢，头顶的星星密集明亮。世界最初的样子温柔可人，晚霞红的浣衣石是自然赐予人类的摇篮。

他若不停下来，经过浣衣石，靠右走上一条泥土路，没几步就到了晓波的家。晓波是他儿时的玩伴，个子小小的，人机灵好动得很，活像一只猴子。他不止一次去过晓波的家里，有时会碰到晓波爸爸，他是一个患有严重哮喘的男人，伛偻着腰，咳嗽起来仿佛正在拉动一只破风箱，动静很大。天气转暖，别人都穿上了薄薄的衬衣，他身上还背着那件军绿老棉袄。有时，会碰到晓波的姐姐。晓波的姐姐叫海燕，海燕真像一只俊俏的燕子，将春天里的光亮和声响带进这个黑咕隆咚的家，海燕走动的时候，仿佛带着整个春天的生气在走动。

他若不停下来，再往回忆更深的地方走去，走过1984年的2月，走过1983年的2月，走过1981年的2月，他将走回婴儿的襁褓，走回母亲的怀里。那时候，母亲抱着他，坐在祖父家堂前，放眼望去，不远处的山野里，早春正向人间交付第一抹新绿。

二

一切又如幻影般消隐了，我站在2018年2月19日的冬阳里，一个空空如也的瓜架下。连桑树都不见了，连浣衣石都不见了，晓波的家则成了一片闲置的废墟。据说晓波一家进了城，我当然不会知道晓波正在哪个屋檐下，是否成了一个疲沓的中年男人。

过去的时光消逝之后，我再一次出现在这个依稀熟悉的地方。村庄正在失去原先模样，我怀疑是否真的经历了记忆里的一切，在这小山村里经历的童年似乎并没有在我后来的人生里留下痕迹。人生是一个不断修正的过程，当你往前走去，像蚕一层层褪去原先的皮，你不断更改最初模样，这个最初的山村留给你的淳朴和粗糙，都渐渐被城市的痕迹给替代。

那些人都去了哪里？我们曾经叠加在一起的生活被时间拆解，我故乡的亲人们不断消失，祖父、祖母、外祖父、父亲、三叔、大舅公、小舅公、三叔公……消失的人越来越多，再也不是曾经那样，你出现在村边，一路往里走，都会有熟人认出你，呼唤你的名字。当再无人来佐证，你会怀疑记忆出了偏差。

我离开这片瓜棚，循着石路，往村东面走，那里有我儿时的家，现在被一个同族的老汉开着一家小店。小店极其简陋，仅一个落满灰尘的木牌上排列着几包烟，另一个房间角落里堆着几筐空啤酒瓶。老人告诉我，村里平常没什么人，没有孩子，也没有年轻人，小店就剩下老年人买点烟酒了。

我置身光线暗淡的屋子，这是我三岁到八岁时生活的地方。如果时间的形态是一层一层往上堆积的，好比冬天的新雪覆盖旧雪，那我是不是能够遇见三岁的我？遇见我年轻的父亲和母亲？显然，时间是线性流淌的，往事似一条无尽的长河，你永远无法追回从前的岁月。只有这些用旧了的物件暂时抵抗住了时间侵蚀。那条门槛上还留着坑坑洼洼的刀痕，儿时我时常坐在这木门槛上，用刀将树枝削成各样形状。板壁上的粉笔字还在，那是三十多年前父亲写下的毛主席语录，粉笔渗进木头，成了时间的一部分。这些板壁上的句子，让我相信年轻的父亲曾意气风发地在这旧房子里憧憬过未来。但父亲在三十九岁那年离开人世，再无踪迹可寻，这依稀可辨的粉笔字，是父亲留在这世上的谜一样的线索。

更多的事物没能对抗住时间，这个村庄正以某种不为人知的方式消亡。你不再相信出现在面前的这条溪就是曾经那条丰盈欢畅的溪，现在的它嗓音喑哑，几近干涸。你不再相信出现在脚下的这条路就是曾经那条光洁清亮的石子路，现在它覆盖了水泥，草率而平庸，脚踏上去，连脚步声都木讷沉闷。你不再相信这座平庸粗糙的覆满水泥的桥就是老祖宗们造的那座石拱桥，它的身上已没有新月的弧度，它早已配不上曾经那条清澈灵动的溪流。你不再相信这座村庄就是曾经那座宁静的与世隔绝的村庄，现在它内里颓败，边沿又挤满了不三不四的水泥楼房，到处在违章搭建，到处充斥着尘土和电钻的声响。它的古老静谧，它的淳朴天然，它那日出而作日落而息的古老法则都在消亡。你也不再相信，村口曾经有过一片幽深的古树林，古树林旁坐落着一个土地庙，那时候，人们年年去庙里祭拜。现在的人，大多自信也自我，大多不信天不信地不信神明。

此刻，我正置身何处？这个我儿时出发的地方只有名字未曾更改，只有留给记忆的场景未曾更改，但我想它必定不再是我灵魂里渴慕的那个故园，它已不可追逐、不可触及了。那个我称之为故乡的地方在别处，在时间另一个神秘断层里。

三

一个完整的故乡，并非只是地理上的名词，它是筑在心灵上的温柔之地。我无法返回故乡，不光是时光的缘故，也是我自身的缘故。我必须变小，小到脸上再见不到风尘和算计，小到眼神里重新恢复孩童的天真，小到相信儿时的农谚和节气，相信祖母油灯下的故事……只有那样，只有把身体里的沉重去掉，一个人以轻盈的姿态才具备重返儿时故乡的能力。

等到我们回去，他们必须都在：祖父还在南山上种菜，我还可以替祖母将午饭送到祖父劳作的地方。父亲还是那么年轻，心里鼓荡着无数奇怪的念头，还在一遍一遍尝试开辟新的领地。母亲也年轻，对生活有新鲜的期待。我的那些亲人们，都未曾远游，尽管有人去了遥远的城市，但并非因为生计，而是求学，他们会像候鸟一般，在假期或年节准时返回，我们都不怀疑自己属于这个山村。

等到我们回去，原初的村庄必须还在，它就像先人们原先交付给我们的样子。它背靠青山，筑在两条溪之间，房屋只以石头作墙，以木头为梁，以瓦片当顶。先人们以朴素的方式营建家园，以黑、白、灰的线条勾勒村庄最初的雏形。先人们节制着色彩，拒绝更为艳丽的修饰，他们知道自然会以自己的笔墨添上鲜亮的颜色。

等到我们回去。我们回得去吗？人一生只是远行，没有一条路往来处走。时间只是往前，我们应和着时间的脚步，也只是前行。

我走回故乡，并非返回出发之地，我的出发之地已然沦陷。我只是走过一个驿站，驿站旁的墙头、树上落着几只黑色鸟雀，因了我的靠近，纷纷惊飞了，惊起的鸟雀不一会儿又消失在黄昏天幕中。

万物带来你的消息

父亲，人的肉身消失，顺带除去了身体的局限和挂碍，也除去了来自时间和空间的阻隔。在这人间，我们从此以另一种形式相逢。你借我的命继续活着，我是你一次一次的重生。

如果我们足够幸运，得以避开1992年那个夏天的早晨。

如果那一天，三轮小客车的司机因为前一晚宿醉未醒拒绝载客；或者我突发一场急性病，由深夜腹痛辗转至天明；或者你走出家门时，被路旁一截树桩绊倒，正好伤及足部；或者三轮小客车急速行进中，突然爆了胎；或者天降大雨，车速就比平常慢出些许；或者你要坐的那个座位，偏偏被别人占了，你就挤到了逼仄窄小的车厢另一侧；也或者你没在走到村口时停住脚步，没有指给母亲看那片即将在明年变成宅基地的农田——你告诉母亲，明年将在此地建屋，我们就要有新房了。

父亲，以上这些命题，只要成立一个，你乘坐的简易三轮小客车只要快一秒，抑或慢一秒经过那个黑灯瞎火的十字路口，你将仍然留在人间。

二十六年过去了，我常常在脑海里回放1992年夏天的情形。那个早晨，我明明七点多醒来，热好你和母亲留下的早餐，于一种莫名的空落里望着夏日白晃晃的阳光倾泻到门前田野。我看见稻子正在结沉甸甸的穗，田野由绿转黄。可在反复回想里，事实似乎变了一个样，仿佛有另一个我，正跟随着你和母亲往前走去，零碎的回忆拼接成了另外一种场景。我非常痛恨，在整个事件中，在死神向你发出召唤的早晨，我竟然没有作一丁点的抵抗。我无数次想，如果时光倒回，父亲，那个早晨我一定要更改这人世间最不公平的事实，我要和死神谈谈，不管你是否阳寿已尽，不管死神多么冷酷，只要他听得懂人话，只要他知晓世间的天伦之爱……父亲，我都要和死神谈谈，他没有权利在那个十字路口粗暴地将你带走。

但死亡一锤定音，从来不容置辩，不许说情和讲理。

父亲，你猝然离开后的二十六年里，另一个你却在我心里疯狂生长，像夏天野地里的藤本植物，枝蔓横生，根系探伸至每一个时间的角落。

十三岁，你离开后第一年，我需要一个父亲。在小学毕业的各种履历表中，我偷偷摸摸将你的名字仍然填在那些栏目里，我故作平静地想让别人知道，我的父亲还在。但字写得要比其他表格的小，落笔很轻，我知道那是因为不自信。一个已不存在世间的人，原本不用再填写他的名字，但我不允许他们在一张表格里忽视你。那一年，我和班上一个又笨又傻又壮实的男同学打了一架，后被班主任老师拉到办公室。打架理由简单，我去收他迟迟不交的作业本，叫了他父亲的外号，他反过来顺口叫了我父亲的外号。本来是一场还算公平的口角，我却认定自己父亲的名字不容亵渎，于是就有了身体的厮打。

十四岁，你离开后第二年，我需要一个父亲。幽暗的青春期像一个漫长的雨季，庭院深锁。少年的身体在成长中历险，我感觉到胸口的隐痛。我担心嗓音变粗，我厌恶粗糙刺耳的声音。我担心某个早晨醒来脸上会蛮不讲理地支棱起胡子，从而出落得像邻居的儿子那般丑——他白净的脸，一入青春期就长满胡子，有如进入春天的荒地疯长着野草。我更害怕青春痘侵袭，于平整和白净的面颊上布满粉刺和脓包。一个夜晚连着一个白天，一场水雾连着一片细雨，我在雨季的巷道里穿行。白天，我被觉醒的身体弄得坐立不安，夜晚，身体里的荷尔蒙又像拱动的小兽，一刻不能消停。这样的季节，我需要一个父亲，需要被一个男性的声音告知，男孩的身体在哪个时节醒来，又将完成怎样的蜕变，我需要弄清楚不安和悸动皆因生长所致。

十七岁，你离开后第五年，我第一次离家远行，我需要一个父亲。你应该走在我前面，帮我拎着那个人造革的黄色皮箱，我像你一样以右手的手指梳理头发，以左脚迈出门去。一个即将成年的人，第一次走向更开阔的世界，他要自己购买第一张客车票，他坐上嘈杂的客车，这时候父亲应该在身旁，以最少的话语叮嘱他到了外地如何与人相处，叮嘱他隔一个月往家里写封信。一个男人的远行要始于父亲，而归于母亲。

二十三岁，你离开后第十一年，一场痛彻肺腑的失恋击中我。我在自己的执念里难以自拔，以为只要借助爱情，就能留住世间任何一个想留住的人。这件事固然没有任何地方可以求医问药，只有父亲能告诉儿子爱的真相何在。我想会有那样一个时刻，我们静默地坐于灯下，在彼此面前倒上一盅老白干，就着一盘水煮花生，一碗青豆炒肉。我们是不善饮的父子，但有些时候必须有一盅酒，必须有呛人的白干，必须让它在经过喉咙时引发热辣辣的滋味，我们才能谈论从来避之不谈的事。依然不是促膝长谈，只在昏黄的灯下，说一句或两句话，但每一句话都是有响声的，像酒杯磕到桌面一般。父亲会说："往后长着，爱情不独一份，要走很远的路，才能遇到共度一辈子的人。"

二十五岁，你离开后第十三年，妹妹遭遇一场凶险的感情危机。公司里一个男人追求她，两人恋爱不成，分手也不成。对方死缠烂打，不肯罢休。我们让妹妹全身而退，迅速离开了那家公司。对方气急败坏，不断电话骚扰，扬言若分手，就得留下一条胳臂一条腿，妹妹吓得瑟瑟发抖。这几近扭曲的人，时不时出没在我家附近，后于每天下班后等在公交车站。我第一次感觉到了野兽出没的威胁，我需要一个父亲，那时候危机的第一片阴影将落在你的额头上，而我只是那个站在你身旁的儿子，我只需和你一道注视着那片阴影，来分析明天我们如何应对。我需要父亲由阅历带来的智慧和勇气。

二十九岁，你离开后第十七年，结婚前夜，我需要一个父亲。新屋里敬神，红烛燃着，香烟缭绕，世界蒙上夜色。那一刻，我需要一个父亲。我们一道站在窗前，父亲会说出一盏灯火的意义，那也是世俗之于一个男人的意义。他曾经在深山里走过无数夜路，像风浪里沉浮的一叶孤舟，每一盏灯的出现都令他感动得想要呼喊。因了对灯火的渴望，因了远路的漂泊与游荡，我们才殷切地守护一个家国的梦想，就像守护寒夜里最后一团火光。

三十岁，你离开后第十八年，我守在产房门口，女儿于夏日的一个中午降临人世，在阳光最盛的时刻，生命完成了一个分支。父亲，或许你对女孩颇有微词，你向来格外看中传宗接代这类事。但我仍然期望，你能和我同在，我们一道迎接这个夏天里最奇妙的一朵蓓蕾。我渴望看到你抱起小婴儿的样子，那就是你自襁褓里抱起我的样子，也就是我抱起女儿的样子，这是生命的交接，由你的臂弯到我的臂弯，由你的寄望到我的寄望。

三十三岁，你离开后第二十一年，我躺在手术台上，等待麻醉。医生摆弄器械时的金属撞击声敲击着我的耳膜，那一刻，手术室里的冷几乎一下子夺走了我积攒三十三年的热量。我闭紧双眼，我需要一个父亲。我的父亲恐惧各种事物，唯独面对疾病，他有最大的胆量，我需要一个不说话的父亲，需要他坚定的眼神，需要他和我一起走到手术室门口时毫不犹豫的步履。

父亲，更多时候只剩下寂然。无数黄昏和夜晚，我独坐在橘红的霞光里，暮色像大提琴的曲调一般哀婉，有时候我伫立于窗前，细雨织出绵长的回忆，你的脚步再没有自窗外响起。这往后长及一生的时光里，你只以无尽的沉默示人。我以为，每一天都在远离你，越来越远，远到再也望不见你的一星半点。直到我成为父亲，我才明白，一个人的生命可以在大地上展开，在地理和时间里展开。一个人的生命同样也可以在人心里展开，在记忆和想念里展开，在口耳相传的故事里展开。

这样看来，一切还没有我们想象的那么悲观。

父亲，当人的肉身消失，顺带除去了身体的局限和挂碍，也除去了来自时间和空间的阻隔。在这人间，我们从此以另一种形式相逢。而你，活在轻盈的欲望以外的世界里，你以无所挂碍的方式丝丝入扣地拥抱我们。我开始相信，无限事皆出于你的意旨。

你埋藏在我身体里，像一粒恒久的种子埋藏于无垠的土地，你借助我的血肉之躯生长为人间的一棵小树。你的血液成为我血管里的一股潜流，成为我骨骼里硬朗的钙质。你的味觉赋予我对食物的选择，我喜欢食肉，喜欢麦饼、年糕、面条……父亲，这些都是你的喜欢。每一回吃麦饼，我都要留下一截外围的厚圈，据说这也是你的一贯吃法。而现在，在一个餐桌上，女儿仍然和我不约而同将手伸向一盘包子，我们神奇地重复了曾经我和你同时将手伸向一盘馒头的动作。你的听觉，赋予我对是非的选择。那些藏在街巷里的困苦，那些日光即能照见的不公，那些发轫于远古的英雄故事，在进入我的耳膜后，都能激荡起与你心里相似的波澜。

你又俯身于万物，将自己分为我的千万分之一，让我在更宏阔的世界里逢着无处不在的你。

秋风乍起，寒雨和落叶带来大地的消息。那是你曾经劳作的大地，你在那里种植小麦和水稻，种植红薯和玉米，并以此养育年幼的我。那是你长眠的大地，是你的故事依然生生不息的大地。父亲，我将收到你的来信。你的生命消融在秋光里，消融在晚风和薄暮里。古老的九月像神秘的蓝色雏菊打开好奇的眸子，当秋凉平复我灵魂里每一处的褶皱，躁动与不安变得宁和服帖。父亲，我与你在秋天的黄昏相逢，你附着在一片边缘通红、中间如金的叶片上。那是你自小就有的魔法，你那样轻灵，在经过一棵大树的时刻，自我的目光里坠落。你知道我是爱树的，你拂过我的脸颊，轻拍我的左肩，这是深秋的召唤，也是父亲的问候。我们远隔着一个辽远的人间，远隔着生的全部愿望，远隔着一杯热酒，一碗白米饭，一件贴身棉衣，一声小婴儿的啼哭。父亲，我们又如此切近，近得我仿佛可以触到你沉思的目光。此刻，你就是我掌心的一片叶；你又是带着叶轻扬的这阵秋风；你还是满山在夕阳里闪闪发亮的茅草的穗子。

我在深冬的老屋里醒来，檐上的冰凌闪现晨光里第一道晶莹。父亲，那是你在童年时为我折下的一根冰凌折射出的光线，依然有着三十年前的剔透。多年后，你一定在一个冬夜想起我们早年的事来了。那些隆冬的清晨，下过一夜大雪，寒意吐着冷冷的舌头，你并不畏惧第一个钻出被窝，将一块瓦片搁到灶膛内昨夜藏起的余火上，再将红薯置于瓦片上。红薯慢慢熟透，香味穿过厨房，穿过干冷干冷的空气，钻进板壁，进入我们的鼻子，寒气被挤走了，一个新的日子就在这暖融融的香里开始了。

你光顾了这座故乡的老屋，你在木格子窗外凝视我们平静的睡眠，你听过我们梦里均匀的呼吸，留下这看似不着痕迹的礼物。

我相信更多的事物与你有关。在漫天而至的雪花里，那第一片和最后一片一定出自你的魔法，只是你不想那么快让我们觉察。否则，这两片雪花不会恰好落在女儿睫毛上。我相信北风的歌声也与你有关，你只是不想吓到我们，以至于总是那么遥远地在野地里吟唱，每当要靠近我们的耳朵了，又随即快速离开。

到了春天，你就有了更多魔法。你有办法让深黑的大地露出一张明朗的脸，你在一个我们必然路过的水洼里投进一片好比孔雀羽毛般绚丽的彩霞。你在四月的樱花树上安插了一只红嘴的鸟儿，每当我从树下走过，就被那只鸟的鸣叫吸引，等我站定，樱花一片两片三四片，以轻梦和诗句的形式落向衣襟。父亲，这是否就是你的生命课？在一树花前，让我感念生之短暂与珍贵；在一树花前，让我无限接近你此后的轻盈，接近这春光一般绚烂的消亡。

父亲，你在每一段行程里，一程山水，一程云烟。你是我走出月台时，抬头遇见的那一片云。那一刻，出发的汽笛已响过，一片云朝我挥手，在轻缓的动作中，我看见别样的深意，那是父亲临别时才有的表情。你是我返回故园时望见的第一缕炊烟。我小时候，大家都还在，家里的人满满当当，声调各样的脚步声带着蓬蓬勃勃的朝气。每当炊烟升起，祖母便站到家门前喊外出劳作的人吃饭。祖母喊声嘹亮，对面远山传来回音，整个村庄都能听见，随后，家人便自各处汇集而来。父亲，你早就读懂了炊烟写在天空的寓意，你又重新变出了这个我熟知的戏法，让我在多年以后与故乡相视一笑，让我相信故乡是我的故乡，也是你的故乡，这是我们生命的应许之地。

一程山水，一程云烟。父亲，无尽岁月，我们都是长河里的一朵浪花，我们永远地别离，我们又无数次以另外的形态重逢。我坐在秋天的水边，面前一束束湖光逐水而来，父亲，这是你在爽朗地笑，你总是那样笑着逗引孩子们。我走在陌生的城市街头，人群中有一个背影，让我的脚步不由自主停了下来，我喜欢让目光追随一个陌生背影，直至他消失在黄昏街角，我相信那一个熟悉的背影或许就是你。

你是黎明的晨曦，是八月山野里我能望见的最亮的星辰，是大海上风暴来临前，那一只一直在我船前徘徊的白鸟，你像闪电割开被乌云遮挡的航程。

你是我的犹疑不定，是我挥刀也斩不掉的优柔寡断。你是我的胆怯，是我的张扬，是我正直的部分，你是我那部分多余的爱。你是我摇摆不定的现实，是我对世界蓬勃的想象，你是我与生俱来的矛盾。你是我根深蒂固的人间欲望，又是俗世上那片不肯落入凡间的云彩。父亲，你借我的命继续活着，我是你一次一次的重生。在每个清晨，你醒来，在每个夜晚，你仍然不肯睡去，你进入我的梦里，你在我的呼吸里游荡，在我舒展开四肢的时刻绽放。

父亲，你是我另一个部分，既是遍寻不见的上游，又是摆脱不掉的宿命。你消逝于世俗的人间，消逝于柴米油盐酒菜面饭，又皈依于万物。你在我的每一段行程里，在我每一个置身的时空，悄然出现，又悄然离开。

你是我无影无踪的父亲，你是我无处不在的父亲。